오드리아 마음보건실

초판 1쇄 인쇄 2025년 7월 25일
초판 1쇄 발행 2025년 7월 31일

지은이 주미
펴낸이 박세현
펴낸곳 서랍의 날씨

기획 편집 곽병완
디자인 김민주
마케팅 전창열
SNS 홍보 신현아

주소 (우)14557 경기도 부천시 조마루로 385번길 92 부천테크노밸리유1센터 1110호
전화 070-8821-4312 | 팩스 02-6008-4318
이메일 fandombooks@naver.com
블로그 http://blog.naver.com/fandombooks

출판등록 2009년 7월 9일(제386-251002009000081호)

ISBN 979-11-6169-355-2 (03810)

* 이 책은 저작권법에 따라 보호받는 저작물이므로 무단전재와 무단복제를 금지하며,
  이 책 내용의 전부 또는 일부를 이용하려면 반드시 출판사 동의를 받아야 합니다.
* 책값은 뒤표지에 있습니다.
* 잘못된 책은 구입처에서 바꿔드립니다.

서랍의날씨는 팬덤북스의 가정/육아, 문학/에세이 브랜드입니다.

차례

신비한 힘을 가진 보건실 。7

다크 마인드 몬스터의 출현 。30

구멍 난 마음 。46

마음에 돋은 가시 。68

마음의 짐 。92

'다크 마인드 몬스터 사냥' 회의 。126

콩밭에 간 마음 。141

부글부글 끓는 마음 。166

다크 마인드 몬스터 재출현 。181

어두운 마음을 메이크업해 드립니다 。204

신비한 힘을 가진 보건실

놈이다!

커다란 검은 형체가 몸을 애벌레처럼 오므렸다 펼치며 지나갔다. 오드리는 숨을 멈췄다.

'저렇게 큰 놈은 처음인데?'

다크 마인드 몬스터 중 가장 큰 놈을 본 오드리는 슬쩍 몸을 떨었다. 늘 봐 왔던 것이었지만 이번엔 뭔가 좀 달랐다. 소름이 끼친다고나 할까? 놈은 모퉁이를 돌았다. 오드리도 함께 숨을 죽이며 모퉁이를 돌았다.

아뿔싸!

순식간에 놈이 사라졌다.

"뭐야? 저렇게 빠른 놈은 또 처음이네."

몸을 돌려 보건실로 들어가려는데 비명이 들렸다.

"살려줘!"

오드리는 비명의 흔적을 따라 내달렸다.

"헉헉."

거친 숨을 토해내며 달리고 또 달렸다. 비명을 따라 내달린 끝에는 몸집이 더 커진 다크 마인드 몬스터가 입을 쩍 벌리고 있었다.

"저 좀 도와주세요."

많이 들어 본 목소리. 엄마였다.

"엄마!"

오드리는 엄마에게 손을 뻗었다. 하지만 오드리보다 다크 마인드 몬스터가 빨랐다. 다크 마인드 몬스터는 엄마에게 몸을 날렸다. 커다란 입을 쩍 벌렸다. 잇몸에 박힌 날카로운 수백 개의 송곳니가 번쩍거렸다.

"아, 안 돼."

오드리는 손바닥에 기를 모아 다크 마인드 몬스터를 처치하려고 했지만 작동하지 않았다.

"왜 이러지?"

그 사이 엄마는 다크 마인드 몬스터 입속으로 빨려 들어갔다.

"오드리, 엄마 좀 살려줘."

'엄마! 엄마!'

기상했다. 몸이 전혀 움직이지 않았다. 마치 거미줄에 꽁꽁 묶인 것처럼.

'엄마, 몸이 안 움직여.'

"오드리, 내 딸, 엄마가 널 사랑했다는 걸 잊지 마."

"엄! 마!"

오드리는 악을 쓰며 울부짖었다.

띠리리리.

번쩍.

눈을 떴다. 꿈이었다. 몇 년째 계속되는 악몽.

땀과 눈물로 젖은 베개를 끌어안고 한참을 울었다. 엄마를 살리지 못했다는 죄책감과 다크 마인드 몬스터에 대한 분노가 뒤엉켜 마음에 아로새겨졌다.

"엄마의 원수! 세상의 원수! 절대 용서하지 않을 거야. 세상의 모든 다크 마인드 몬스터를 잡아 죽일 거야."

띠리리리.

두 번째 알람이 울렸다. 조금만 더 지체하면 지각이다.

오드리는 화장실로 들어가 이를 닦고 세수를 했다. 거울에 비친 자신을 물끄러미 들여다보았다. 가장 소중한 사람 하나 지키지 못한 자신의 모습이 너무 초라하게 느껴졌다.

옷을 대충 걸치고 가방을 들고 차를 탔다.

부르릉.

시동을 켜고 새로 부임한 고등학교로 운전했다. 차가 덜컹거릴 때마다 오드리의 마음도 덜컹거렸다.

학교로 들어선 오드리는 주차하고 학교 건물 안으로 들어왔다. 숨을 크게 들이마시고 보건실로 들어갔다.

오드리는 커다란 황금색 의자에 털썩 앉았다. 의자를 360도 회전시키며 오늘도 다짐했다. 더는 사람들이 다크 마인드 몬스터에 잡아먹히지 않도록 노력할 거라고. 절대 그냥 두고 보지 않을 거라고.

엄마가 다크 마인드 몬스터로 인해 죽고 나서 오드리는 한참 동안 방황을 했다. 며칠 간은 학교에 나오지 않았고, 학교에 나와서도 보건실에만 누워있었다. 그런데 그 당시 보건실의 보건교사가 좀 특이했다. 사람의 마음을 편안하게 해주는 재주가 있었다. 보건실은 늘 아이들로 북적거리고 활기를 띠었다. 우울감에 빠져있던 오드리도 조금씩 마음의 문이 열렸다. 그런 경험들이 오드리가 보건교사를 직업으로 선택하게끔 했다.

*

리아는 참을 수가 없었다. 생리가 터진 것이다. 아픈 배를 움켜잡고 보건실로 향했다.

복도를 가로지른 후, 계단을 내려갔다. 차가운 난간을 잡자 냉기가 손에서부터 온몸으로 전해지는 것 같았다. 아랫배가 아려오며 소름이 끼쳤다. 오늘 같은 날은 엘리베이터를 타고 다니고 싶은데, 좀비처럼 무서운 학생부장에게 엘리베이터 열쇠를 받아야 한다. 그러느니 그냥 계단으로 다니자. 리아는 절뚝거리며 계단을 내려갔다. 그때, 학생부장이 계단을 올라오고 있었다.

'젠장, 하필이면 계단에서 학생부장이랑 마주치네.'

학생부장은 폰으로 뭔가를 찾더니 중얼거렸다.

"에헤이, 오늘 급식에 왜 하필 감자탕이야? 오늘은 굶어야겠네."

"아, 안녕하세요."

"넌 왜 수업 시간에 돌아다녀?"

"배가 아파서 보건실 가는 중이에요."

"배 아픈 거 확실해?"

"네."

"마음은 안 아프고?"

"마음이요?"

"그래."

"안 아파요."

"큼큼, 보건실 갔다가 다른데 새지 말고 바로 교실로 가도록!"

"네."

1층으로 내려와 복도를 지나 보건실 앞에 우뚝 섰다.

- 똑똑

"네. 들어오세요."

벌컥.

문을 열었다.

문틈으로 로즈우드 아로마 향이 잔뜩 풍겼다. 문을 활짝 열어젖히자, 오로라 빛 안개가 자욱하게 밀려 나왔다. 리아는 손바닥을 휘저으며 보건실 안으로 한 걸음, 한 걸음 걸어 들어갔다. 문틈으로 바람이 밀려 들어오자, 천장에 걸린 물고기 모양의 풍경이 딸랑딸랑 소리를 냈다. 몇 걸음 더 들어가자, 안개가 서서히 걷히며 창가에 옹기종기 모여 있는 수십 개의 화분이 보였다. 그중 희귀하게 생긴 민트빛 덩굴 식물은 기둥을 타고 올라가 천장 전체를 뒤덮고 있었고, 천장에서는 분홍 꽃잎이 눈처럼 수시로 날렸다. 향기로운 꽃향기가 보건실을 가득 채웠다.

고개를 들어 선생님을 바라보았다. 처음 보는 선생님이 오징어 다리를 뜯으며 앉아있었다. 민트색의 풍성한 파마머리를 한 보건 선생님이 앉아있었다. 오드리가 고개를 살짝 돌리자, 귀에 달린 커다란 초승달 모양 귀걸이가 흔들거렸다.
"어? 보건 선생님 바뀌었어요?"
"응. 갑자기 휴직을 내셔서 내가 대신 이 자리에 왔지."
인기척에 고개를 휙 돌리자 혼자 둥둥 떠다니는 먼지떨이가 좌우로 움직이고 있었다.
"아, 깜짝이야…. 근데 저게 뭔가요? 먼지떨이인가요?"
"응. 마음 장난감이라고 생각하면 편해."
"마음 장난감이요?"
"응. 대충 그렇게 이해해."
보건 선생님이 오징어 다리를 질겅질겅 씹으며 귀찮다는 듯 대답했다.
"아, 네. 근데 진짜 신기하네요."
리아는 주위를 찬찬히 둘러보았다. 약장에는 신비한 유리병이 가득했다. 유리병 안에는 오로라 빛 액체가 담겨있었다. 병 라벨에는 '베르가모트(마음의 조명을 환하게)', '재스민(마음에 활력을)', '로즈우드(마음의 피로를 풀 때)', '그레이프프룻(마음의 편안하게)'라고 적혀 있었다.
"어디가 아프니?"
오드리 보건교사는 리아의 이마를 뚫어지게 바라보다 흠칫 놀랐다. 세상에, 저리 단단한 강철 멘탈은 참으로 오랜만

이었다. 특히나 사춘기가 오는 시기에 강철 멘탈을 유지하기란 하늘의 별 따기이기 때문이다.

　의례 고등학생들은 보통 유리 멘탈을 가지고 있다. 그래서 금이 가기 쉽고 한 번 멘탈에 금이 가면 아이들은 잘 견디지 못한다. 마치 깨진 유리창 이론처럼 말이다. 미국의 범죄학자 제임스 윌슨과 조지 켈링이 발표한 깨진 유리창 이론은 이러하다. 자동차의 작은 깨진 유리창과 같은 사소한 무질서가 더 큰 범죄와 무질서 상태를 가져올 수 있다는 것이다. 멘탈에도 마찬가지로 적용된다. 사람들은 강한 멘탈을 가진 사람은 잘 건드리지 않지만, 유리 멘탈을 가진 사람에게는 자꾸 시비를 걸고 험하게 대한다. 그래서 유리 멘탈이 금이 가면 더 많은 사람이 괴롭히고 결국 금이 간 유리 멘탈은 깨지게 된다. 오드리 보건교사는 이것을 깨진 유리 멘탈 이론이라고 스스로 정의했다. 그리고 가장 중요한 건, 유리 멘탈이 산산조각이 났을 때, 바로 이어 붙여주어야 한다. 만약 바로 붙이지 못하다 유리 멘탈 조각 중 하나라도 잃어버리게 되면 골치가 아프다. 왜냐하면 잃어버린 유리 멘탈 조각들이 서로 모여 인간의 마음을 잡아먹는 다크 마인드 몬스터가 되어 버리기 때문이다. 그 후, 깨진 유리 멘탈 조각은 원래의 멘탈에 거의 접합되지 못한다고 보면 된다. 또한 조각들을 다 찾더라도 너무 오래 지나면 잘린 부분이 닳아서 정확하게 100%

복구하는 것은 불가능하다. 마치 손가락이 절단됐을 때, 잘린 손가락을 찾아 바로 접합하지 않으면 신경이 잘 이어지지 않아 접합에 실패하듯 말이다.

오드리는 마음 학교에 들어오기 전, 이 고등학교에서 자살 사건이 연달아 2건 일어났다는 걸 뉴스를 통해 알게 되었다. 고등학교에서 자살이 연달아 2번이라니. 분명 다크 마인드 몬스터가 관여됐을 확률이 높아 보였다. 그래서 어떻게 이 학교에 들어올지 생각 중이었다. 그런데 마침 다크 마인드 몬스터가 몸과 마음이 아픈 아이들이 많은 보건실에 자주 출몰하였는지 보건교사가 쓰러졌고 덕분에 자신이 이곳 기간제 보건교사로 들어올 수 있었다.

오드리가 인간들의 멘탈을 보게 된 건 어렸을 적부터였다.

*

열한 살 무렵, 오드리는 인간의 이마와 정수리 사이에 있는 커다란 구슬 같은 걸 보게 되었다. 처음에 구슬을 만져보려고 해봤지만, 손이 그대로 통과했다. 반 친구에게 저 사람 이마에 구슬이 보이냐고 이야기했다가 학교에서 왕따당한 이후로 오드리는 절대 남에게 자신이 보이고 들리는 것에 관해 이야기하지 않았다. 열일곱 살 무렵부터는 사람의 마음에 소리가 간간이 들렸고, 사람의 마음이 보이기 시작했다. 사람의 마음이 보이는 것에 놀라기도 했지만, 덜컥 겁이 났다. 유일하게 마음을 터놓고 지내던 단짝 친구 지아의 마음이 너무도 명확히 보이기 시작했으니까.

오드리는 지아가 자신과 대화할 때마다 마음의 문을 닫는 것을 보게 되었다. 오드리 자기 자신만 진심으로 지아를 대한 것에 큰 상처를 받게 되었다. 마음의 상처가 조금 아물 때쯤, 마음이 약한 사람들의 마음을 고쳐주는 에너지가 생기게 되었다. 오드리는 그것을 마법으로 부르지 않고 꼭 에너지라고 칭했다. 마법이라고 정의하는 순간 꼭 자신이 마녀가 된 기분이 들었으니까.

몇 년 후, 오드리의 할머니가 돌아가시기 전, 오드리만 따로 불러 비밀을 알려주었다. 할머니도 마음을 볼 수 있는 사람이었다고. 하지만 세상 사람의 시선 때문에 숨기고 살았다고 끝까지 지켜주지 못해 미안하다면서 노트 한 권을 건넸다. 할머니가 인생을 살아오며 마음에 관해 연구한 노트였다.

오드리는 할머니가 준 노트를 보고 공부하며 마음에 대해 깨우치고 다른 사람의 마음을 치유해 주며 살아왔다.

*

"배가 아파서요."

리아가 아랫배를 문지르며 대답했지만, 오드리는 아무 말도 하지 않았다. 단지 자기 이마와 정수리 쪽을 훑어볼 뿐이었다.

"저, 선생님."

"어, 그래 말해라."

그제야 정신을 차린 오드리 보건교사가 환하게 웃었다.

"배가 아파요. 생리가 시작됐거든요."

"진통제 줄까?"

"네."

"생리대는 있고?"

"아니요."

"잠깐만."

오드리는 약장에서 해열 진통제와 생리대를 꺼냈다.

"일단 한 알 먹어라."

리아는 보건실에 있는 정수기에서 물을 받았다. 진통제를 입에 털어 놓고 물과 함께 꿀꺽 삼켰다. 목울대가 급하게 오르락내리락했다.

"그리고 생리대."

생리대를 받은 리아는 꾸벅 인사를 하고 보건실을 나가려고 했다.

"잠깐만."

"네?"

리아의 눈동자가 작게 흔들렸다.

"몇 학년 몇 반? 이름은?"

"1학년 3반, 문리아요."

리아의 말에 따라 오드리는 보건일지를 써 내려갔다.

학년 : 1, 반 : 3, 이름 : 문리아, 증상 : 복통(*)

일부러 *표시도 해뒀다. 이 아이는 특별하니까.

"너 입실증은 끊어 왔니?"

"아니요."

"많이 아프면 입실증 끊어 와."

"아, 네."

오드리는 리아와 더 이야기를 나누고 싶었다. 저렇게 단단한 강철 멘탈을 가진 문리아와 함께라면 수시로 출몰하려고 안간힘을 쓰는 다크 마인드 몬스터를 물리칠 수 있을지도 모른다. 지금은 오드리가 뿜어내는 에너지로 인해 다크 마인드 몬스터가 잘 다가오지 못하지만, 멘탈에 금이 간 아이들이 많아질수록 다크 마인드 몬스터의 힘은 더 없이 커질 것이고 그때가 되면 오드리의 힘으로는 몬스터를 처치하는 게 벅차질 수도 있다.

　보건실 밖으로 나온 리아는 놀란 마음을 진정시키려 화장실로 들어갔다.

　"뭐야? 저 사람?"

　리아는 처음 보았다. 오로라 빛을 뿜어내는 멘탈을. 어른들의 멘탈 색깔은 보통 탁하다. 마치 오랜 상처에 찌든 사람처럼. 하지만 저 사람은 달랐다. 온몸에 소름이 끼쳤지만, 모른척했다. 아니, 모른척하고 싶었다. 괜히 또 아는 척했다가 곤란해질 수 있기 때문이다.

　리아는 인생에서 총 세 번 버림을 받았다. 첫 번째는 친부모에게서 버림받아 보육원 생활이 시작되었다. 두 번째는 리아가 세 살 때부터 일곱 살 때까지 친언니처럼 자신을 돌보아 주었던 보육원 봉사자가 어느 순간 발길과 연락을 모두 뚝 끊으며 두 번째 버림을 받았다. 그리고 세 번째는 열 살 때, 친절한 양부모님에게 입양이 되었다. 입양된 일 년간 행복했었지만 열한 살 때부터 사람의 마음을 듣고, 보고, 느낄 수 있었다. 그 사실을 양엄마에게 말했고 리아는 파양되었다. 다시 보육원으로 돌아갔고 현재까지도 보육원에서 살고 있다. 만약 진실을 말하지 않았다면 계속 행복한 입양아로 남을 수 있었을까? 후회해도 소용없었다. 열일곱 살이 되자 손바닥에서 어떤 강력한 에너지가 엄청나게 뿜어져 나왔다. 감당이 안 될 정도로. 그래도 애써 무시해 왔다. 하지만 저 이상한 보건교사를 만난 후로 더는 모른척하기 어려웠다. 묘한 에너지가 리아를 강하게 끌어당겼기 때문이다.

"하."

깊은숨을 몰아쉬다 다시 밖으로 나와 교실로 들어갔다. 마침 쉬는 시간 종소리가 울렸다. 리아는 책상에 앉아 주위에 아이들을 둘러보았다. 대부분이 유리 멘탈이다. 리아는 조마조마했다. 유리 멘탈에 금이 난 아이들이 보일까 봐. 유리 멘탈에 금이 가는 순간 그 아이는 보통 나쁜 아이들의 표적이 된다. 그러다 결국 멘탈이 깨지기라도 한다면 휴, 끔찍하다. 가끔 봤지만, 아직도 적응되지 않았다. 리아는 복도로 다시 나가 2학년 2반 교실 창문 너머를 들여다보았다. 예리는 오늘도 책상에 엎드려 있었다. 안타까웠다.

*

예리는 리아가 파양되고 다시 보육원으로 돌아갔을 때 처음 본 한 살 위의 언니다. 보육원 아이들이 리아를 바라보며 세 번이나 버림받은 아이라고 놀릴 때, 예리가 리아를 적극적으로 감싸주었다. 그 후부터 리아와 예리는 단짝 친구가 되었다. 예리는 밤마다 엄마 이야기를 들려주었다. 엄마가 자신을 얼마나 사랑했는지. 그리고 자신의 엄마는 자기를 절대 버린 게 아니라고 강조했다. 게다가 자신이 겪은 시시콜콜한 이야기를 리아에게 모두 해주었다.

"리아, 오늘 학교에서 무슨 일이 있었는지 알아?"

"모르지."

"승혁 오빠가 나한테 고백했다."

별로 놀라운 일도 아니었다. 예리는 누가 봐도 예뻤기 때문이다.

"그래서?"

"꼬꼬마는 싫다고 했지."

"왜?"

"오빤데 나보다 작고 말랐어. 게다가 그 집 엄청나게 잘 산데."

"잘 살면 좋은 거 아니야?"

"넌 드라마도 못 봤어?"

"드라마?"

"응. 드라마에 돈 많은 남자 엄마가 못 사는 여자 막 괴롭히잖아. 난 그렇게 괴롭힘당하기 싫거든."

리아는 자신의 비밀을 숨겼지만, 예리는 자신의 마음을 숨기지 않고 말하는 마음이 정말 투명하고 솔직한 아이였다. 그 후, 리아와 예리는 같은 초등학교에 들어갔다. 초등학교를 졸업 후, 중학교는 다른 곳에 다녔지만 그 후, 같은 고등학교에 들어왔다. 예리는 고등학교에 들어와서 언제부터인가 말수가 적어졌다. 맑다 못해 투명했던 마음은 점점 어두워지더니 꼭꼭 숨어서 더는 마음이 보이지 않았다. 리아가 왜 그러냐고 수 없이 물어봤지만, 예리는 끝내 대답하지 않았고 그렇게 서서히 멀어졌다.

*

 리아가 살짝 금이 간 예리의 멘탈을 뚫어지게 바라보았다. 멘탈이 좌우로 심하게 흔들렸다.
 "휴."
 깊은 한숨을 쉬고 다시 교실로 돌아와 앉는데 반에서 유일하게 친한 설아가 다가왔다.
 "리아, 괜찮아?"
 "그냥 그래. 아, 근데 보건 선생님 바뀌었더라."
 "어때?"
 "묘해."
 "뭐가?"
 "이상하게 또 가고 싶어."
 "너 입실해서 침대에 누워 자고 싶어 꾀병 부리는 거 아니야?"

"난 가만히 누워있는 거 싫어하잖아."

"하긴 넌 조금만 누워 있어도 몸이 근질근질하지."

"그런데 자꾸만 보건실에 가고 싶어."

"보건 선생님 혹시 남자야?"

"아니."

"그럼 너 혹시 여자 좋아해?"

"아니."

"보건실에 꿀 발라 놨어?"

"맞아, 그런 느낌이야. 내가 좋아하는 떡볶이와 아이스크림이 잔뜩 있을 것 같은 느낌?"

그때, 다시 배가 살짝 아파져 왔다. 진통제가 미처 다 흡수되기 전이었기 때문이다. 그 와중에 같은 반인 태석을 힐끗 바라보았다. 하, 여전히 잘생겼다. 수업 시작 종이 울리고 국어 선생님이 들어왔다.

"모두 조용."

리아는 최대한 얼굴을 중간으로 모으며 인상을 찌푸렸다. 두 손은 양쪽 배를 움켜쥐고 등허리는 90도로 굽혀 선생님 앞으로 나갔다.

"서, 선생님."

"왜?"

"저 배가 너무 아파서 보건실을 다녀왔는데요, 그래도 못 견딜 정도로 아파서요. 혹시 입실증 좀 끊어주실 수 있나요?"

국어 선생님은 리아를 위, 아래로 훑어보다 고개를 끄덕였다. 생리중이라 정말 아파 보였으리라. 망설임 없이 끊어 준 입실증을 받고 다시 보건실로 갔다. 마른침을 꿀꺽 삼키고 보건실 문을 열었다.

"왔니?"

오드리는 당연히 와야 할 사람이 온 듯 환하게 웃었다.

"네, 입실 좀 하려고요."

"그래, 편하게 앉아 있어도 되고 누워 있어도 된다. 선생님이 따뜻한 찜질팩 해줄게."

오드리는 커피포트에 물을 끓였다. 보글보글 주전자에서 물이 끓어오르는 동안 오드리는 상자 안에서 심장처럼 두근거리는 핫팩을 꺼냈다. 주전자에서 하얀 김이 모락모락 올라왔다. 물이 다 끓자, 오드리는 주전자를 들어 컵에 붓고 찬장에 유리병을 꺼냈다. 유리병에서 '로즈우드' 잎을 꺼내 뜨거운 물에 우렸다.

"따뜻한 로즈우드 한 잔 마시고 마음의 피로를 풀어라. 그리고 이건 '얼어붙은 마음을 녹이는 핫팩'이야. 배에 얹어라."

"아니, 근데 핫팩이 왜 심장처럼 두근거려요? 여기 건전지가 들어 있어요?"

"음, 글쎄."

리아는 핫팩을 배에 댔다. 따뜻한 기운이 온몸에 퍼졌다.

호로록.

차 한 잔을 마시니 마음의 피로가 풀리는 기분이 들었다. 리아는 고개를 들어 오드리를 올려다보았다. 영롱한 오로라 빛을 뿜어내는 멘탈은 다시 봐도 환상적이었다.

"너 보이지?"

오드리가 얼굴을 불쑥 들이밀었다.

"뭐가요?"

"보이는 것 같은데?"

"뭐, 뭘요?"

"내 멘탈."

리아는 입을 틀어막았다. 처음이었다. 멘탈에 대한 대화를 나눈 적은.

"지금 무슨 말씀을 하시는 건지. 전 안 보이는 거 같아요."

"뭐가 안 보이는데?"

"아무것도 안 보여요."

리아는 선생님의 멘탈이 보인다고 말했다가 연구소 같은 곳으로 끌려갈까 봐 덜컥 거짓말을 했다.

"너도 멘탈 보인다고 했다가 상처 입은 적 있구나?"
"그걸 어떻게?"
"나도 그랬거든. 그 후로 다시는 사람들에게 말하지 않았어."
"근데 왜 저한테는 말씀하시는 거예요?"
"넌 특별한 아이거든."
"제, 제가요?"
"그래, 네 눈을 보니 내 멘탈도 보는 것 같고, 무엇보다 네 멘탈은 유리 멘탈이 아니야. 강철 멘탈에다가 강렬한 치유 기운도 뿜어내고 있어. 처음 봐. 이런 아이는."
"하하, 선생님은 소설을 많이 읽으시나 봐요. 저 좀 쉴게요."
"아, 그럴래?"
"네. 혼자 좀 있을게요."
"그래."
리아는 뭔가 들킨 것 같아 불안했다.
'이대로 좀 쉬다가 도망가야지.'
핫팩의 따뜻한 기운 때문일까? 까무룩 잠이 들었다. 번쩍 눈을 뜨자 오드리가 다른 아이를 치료하고 있었다.
리아는 까치발을 들고 살금살금 보건실 문 쪽으로 다가갔다.

"가려고?"

들켰다.

"하하. 이제 다 나은 것 같아서요."

뒤로 돌아보니 치료받는 아이의 마음이 너무 복잡해 보였다. 리아는 저도 모르게 아이의 마음을 빤히 들여다보았다.

오드리는 그 모습을 흥미롭게 바라보았다.

"치료 다 했다."

치료받던 아이가 보건실 밖으로 나갔다. 정신을 차린 리아도 그 아이를 따라 나가려고 했다.

"리아야, 너 혹시 멘탈 말고도 사람들 마음도 보이니?"

"하하, 사람 마음이 어떻게 보여요?"

사실 리아는 사람이 힘들어하며 몸을 웅크릴 때 어렴풋이 형체가 보였다. 보통 사람들은 자신의 마음을 꼭꼭 숨기려 한다. 그래서 평소엔 사람의 마음이 잘 보이진 않는다. 하지만 마음에 문제가 생겨 몸이 움츠러들거나 마음이 열리거나 모든 걸 포기하면 그땐, 마음의 형체가 희미하게 보였다.

"그렇구나. 내 이야기를 좀 해줄게. 여기 좀 앉아 봐."

"저 이제 교실로 가야 하는데요?"

"지금 쉬는 시간이잖아. 잠깐 이야기 해줄게."

리아가 머뭇거리며 의자에 앉았다. 오드리는 리아 앞에 의자를 끌어당겨 앉았다.

"난 열일곱 살 무렵부터는 사람의 마음에 소리가 간간이 들렸고, 사람의 마음이 보이기 시작했어. 그리고 마음이 약한 사람들의 마음을 고쳐주는 에너지가 생기게 되었지. 그리고 할머니가 물려주신 안경을 쓰고 다크 마인드 몬스터를 보게 되었어."

"새로 나온 게임 이름이예요? 무슨 몬스터라고요?"

"게임이 아니고, 실제 괴물인데, 이름이 다크 마인드 몬스터야. 성인이 되어서는 할머니가 물려주신 노트를 보고 연구해서 마음을 치유하는 물건을 만들게 되었어. 그래서 그런데 너도 내가 만든 '다크 마인드 몬스터 관찰 안경' 한 번 써 볼래?"

"'다크 마인드 몬스터 관찰 안경'이요?"

'혹시 저 선생 사이코인가?'

리아가 속으로 이상하게 생각하는데도 오드리 선생님은 설명을 멈추지 않았다.

"아이들의 마음을 치유하는 물건을 만들긴 했는데 나 혼자 감당이 안 돼. 만약 아이들의 마음을 제때 치유하지 못해서 유리 멘탈이 산산조각이 났을 때, 바로 이어 붙여 주지 못하고 하나라도 잃어버리게 되면 그 산산조각 난 조각들이 모여 여러 종류의 다크 마인드 몬스터가 되어 버려. 우린 그 괴물이 나타나지 않게 해야 하고 그 괴물이 나타나면 없애버려야 해."

"우리요?"

"그래, 우리는 서로 힘을 합해야 해."

"하하. 무슨 말씀을 하시는 건지 당최 이해가 안 돼요. 전 이제 교실로 올라가 볼 게요."

리아가 벌떡 일어나 보건실 문고리를 잡았다. 괴물을 함께 잡자니. 머리가 어떻게 된 게 틀림없다는 생각이 들었다.

"할머니도 나도 우리의 능력을 부정하고 숨기고 모른척했어. 그러다 소중한 사람을 잃었지. 정말 아끼는 사람을 정작 지켜주지 못했어."

리아가 뒤를 휙 돌아보았다. 오드리의 눈가에 눈물이 촉촉이 고여있었다.

"소중한 사람을 잃었다고요? 혹시 그 다크 마인드 몬스터한테요?"

"응."

그때였다. 복도에서 웅성거림이 심해졌다.

다크 마인드 몬스터의 출현

"무슨 일이지?"

오드리가 보건실 문을 열고 그 틈으로 고개를 빠끔 내밀었다.

"왜 이렇게 소란스럽니?"

그때, 학생부장과 예리의 담임인 국어 선생님이 거친 숨을 몰아쉬며 복도를 가로질러 뛰었다. 오드리가 다급하게 물었다.

"무슨 일 있어요?"

"선생님 큰일 났습니다. 학교 옥상에 한 학생이 올라가서 뛰어내리려고 해요. 막아야 합니다. 그리고 혹시 학생이 다

칠지 모르니 구급상자 좀 가져와 주세요."

"네?"

오드리는 급하게 문을 박차고 나오며 물었다.

"혹시 몇 학년 몇 반 누구예요?"

"2학년 2반 박예리예요."

박예리라는 이름을 듣자마자 리아가 벌떡 일어났다.

"예, 예리 언니?"

오드리가 다시 보건실로 들어와 약장을 열어 구급상자를 찾았다. 구급상자는 여러 개가 있었는데 오드리는 민트색의 구급상자를 들고 보건실 밖으로 나갔다. 그제야 정신을 차린 리아는 오드리 뒤를 쫓았다.

리아는 학생부장, 국어 선생님의 뒤를 쫓아가는 오드리를 뒤따라 내달렸다. 계단을 오르고 올라 조금 열린 옥상 문틈으로 리아는 몸을 날렸다. 예리는 옥상 난간에 위태롭게 올라가 있었다.

"예리야."

예리 담임인 국어 선생님이 간절하게 예리를 불렀다. 예리는 돌아보지 않았다. 학생부장이 몸을 부르르 떨더니 예리에게 다가갔다. 자신에게 가까워지는 발소리에 예리가 소리쳤다.

"가까이 오면 뛰어내릴 거야."

그러자 학생부장이 갑자기 국어 선생님을 다그쳤다.

"선생님이 저 학생 담임이죠?"

"네."

"왜 학생 관리를 안 하는 겁니까?"

"네?"

"학생이 저 지경이 될 때까지 도대체 뭘 했냐고요?"

"지금 책임소재를 따질 때입니까? 우선 아이를 진정시켜서 구하는 것이 우선입니다."

"쳇, 책임 회피하려고 그러는 거죠?"

"아니, 무슨 말씀을 그렇게 하십니까? 일단 그 이야기는 나중에 하시죠."

오드리는 작은 목소리로 뒤따라온 리아에게 물었다.

"예리가 마음의 늪에 빠진 거 보여? 저게 사람들의 마음을 잡아먹는 다크 마인드 몬스터 중 하나야."

"안 보이는데요?"

"아, 맞다. 이 '다크 마인드 몬스터 관찰 안경' 한 번 써 볼래?"

리아는 얼떨결에 오드리가 건네준 안경을 썼다.

"헐, 너무 징그러워요."

리아는 몸을 벌벌 떨었다.

놀랍게도 예리는 난간에 슬라임처럼 퍼져있는 검은 늪에

발이 빠진 상태였다. 늪은 예리의 발목을 삼키고 있었다.

"예리 마음에 구멍이 난 것도 보이고?"

"네."

꼭꼭 숨겨 그동안 보이지 않았던 예리의 마음이 이제야 보였다. 예리의 가슴 부위에는 커다란 구멍이 있었다.

횡-

마음에 난 구멍으로 차가운 칼바람이 관통했다.

"보건 선생님, 우리 예리 언니 어떻게 해요?"

"흠, 지금 저 아이는 멘탈에 금이 간 데다가 마음에 구멍까지 생겼어. 마음과 멘탈이 약해지니까 다크 마인드 몬스터 중 늪 몬스터가 기가 막히게 알고 찾아와 저 아이를 삼키려고 하는 거야. 만약 저 늪 몬스터에 깊게 빠지면 유리 멘탈이 깨져서 산산조각이 날 거고. 그렇게 되면 옥상 아래로 떨어지는 건 시간 문제야."

그때, 교장 선생님, 교감 선생님, 상담부장님이 들어오자마자 예리 쪽으로 달려갔다. 그러자 예리가 아까처럼 소리쳤다.

"한 발짝만 더 와봐, 확 뛰어내릴 거야."

그러자 모든 선생님이 우왕좌왕하며 다가서지 못했다. 그때, 학생부장이 상담부장을 바라보며 따지듯 말했다.

"상담부장님, 할 말은 해야겠습니다."

"네?"

"저 학생 관리 왜 제때 안 했습니까?"

"그게 무슨?"

"저 학생 정서·행동 특성 검사 했을 거 아닙니까?"

"아, 그게, 정상으로 나왔어요. 저 학생은."

"그렇다 하더라도 상담부장님은 낌새를 차려야 하지 않습니까?"

"아니, 그러면 막말로 학생부장님은 왜 저 학생의 불안함을 못 알아채셨습니까?"

그러자 학생부장이 온몸을 부르르 떨며 오드리를 향해 버럭 소리쳤다.

"아니, 보건교사는 왜 저 학생의 상태를 못 알아차렸습니까? 요양호 학생에 저 학생이 없었단 말입니까? 학생들 건강 담당자 아니십니까?"

"맞습니다."

"그러면 학생들의 신체뿐만 아니라 정신까지 책임지셨어야죠."

"학생부장님, 그런데 일단 저 학생을 먼저 구하는 게 우선입니다."

오드리가 씩씩거리는 학생부장을 바라보았다. 학생부장의 가슴 부위에 여러 개의 날카로운 가시가 관통해서 등까지 튀어나와있었다. 마음에 가시가 난 것이다. 오드리는 한쪽 무릎을 꿇고 앉아 구급상자를 열었다. 그 안에서 스프레이 하나를 꺼냈다. 스프레이에는 '유리 멘탈 금 접착제'라고 적혀있었다. 리아가 오드리에게 물었다.

"이건 뭐예요?"

"이거라도 뿌리면 일시적으로나마 금 간 유리 멘탈이 잠깐 붙어. 그때, 마음에 담아둔 이야기를 꺼내게 해야 해."

오드리가 '유리 멘탈 금 접착제'를 들고 예리의 멘탈 쪽으로 분사하려고 했다. 그때, 학생부장이 버럭 소리를 질렀다.

"지금 뭐 하는 거예요? 장난해요?"

"제가 알아서 합니다."

"아니, 뛰어내리려는 학생한테 스프레이 파스를 뿌리려고 하잖아요."

"파스 아니거든요?"

"그럼, 뭐 에프킬라인가? 아니면 부탄가스인가?"

"제발 절 믿고 한 번만 맡겨주십시오."

"제정신이 아닌 사람한테 뭘 맡긴단 말이지?"

막무가내로 역정을 내는 학생부장 때문에 일이 마음대로 진전되지 않았다. 일단, 오드리는 학생부장을 먼저 진정시켜야만 할 것 같았다. 그래서 구급상자를 뒤적여 '마음의 가시를 뽑는 핀셋'을 하나 꺼내 학생부장 등 뒤로 다가갔다. 오드리는 먼저 핀셋으로 학생부장 마음에 박힌 가시를 힘을 주어 빼내려고 했다. 그 순간, 학생부장이 뒤를 돌아보았다.

"뭐 하는 겁니까?"

순간, 얼어붙은 오드리가 핀셋을 잠바 주머니에 넣으며 뒤로 물러났다.

"아무것도 안 했는데요?"

학생부장이 오드리를 아래, 위로 훑어보더니 다시 앞으로 봤다. 그때, 갑자기 상황을 눈치챈 리아가 오드리 귓가에 속삭였다.

"선생님, 제가 다른 선생님들 눈길을 끌 테니까, 그동안 선생님이 학생부장님을 좀 진정시켜 주세요."

"할 수 있겠어?"

"시도는 해 볼게요."

리아는 어떻게 해야 자신이 사람들의 눈길을 끌 수 있을까 잠시 고민했다. 평소 사람들 눈에 잘 띄지 않았던 리아는 자신이 춤을 출 때만큼은 사람들의 이목을 끌었었다는 걸 기억해 냈다.

'이렇게라도 오드리 선생님을 도와줘야 예리 언니를 구할 수 있어.'

리아는 예전에 예리 언니와 보육원에서 자주 들었던 노래 '운명'을 폰으로 틀었다. 그 노래 덕분에 예리도 뒤를 힐끗 돌아보았다. 리아는 예리를 바라보며 몸을 좌우로 흔들며 리듬을 탔다. 오른쪽 발을 구르며 허리를 360도로 회전했다. 두 팔을 허공에 쭉 뻗고 손가락을 현란하게 움직이며 배꼽까지 천천히 내려왔다. 이 와중에 노래를 틀어 춤을 추는 정신 나간 학생이라니? 선생님들은 자연스레 리아에게 시선이 꽂혔다. 그 틈을 타 오드리는 다시 주머니에서 핀셋을 꺼내 들고 다시 가시 부분에 가져다 댔다.

'후, 집중을 해 한 번에 뽑자.'

오드리는 손에 힘을 주고 핀셋으로 가시를 잡았다. 학생부장이 이번에도 휙 뒤를 돌았다. 오드리는 엉덩이를 빼고 엉거주춤하게 서 있었다.

"뭐 하는 겁니까?"

그 바람에 오드리는 가시를 놓쳤다.

"학생부장님 잠바에 커다란 벌이 붙어 있어 떼어 주려고 합니다."

"버, 벌?"

작년 산소에서 벌초하다가 말벌에 쏘여 응급실에 실려 간 경험이 있던 학생부장이 펄쩍 뛰며 소리 질렀다.

"빨리 떼 주세요, 빨리."

오드리가 학생부장 마음에 박힌 날카로운 가시 하나를 빼냈다. 그러자 놀랍게도 학생부장이 눈물 한 방울을 흘리며 고개를 푹 숙였다. 그 사이 오드리가 예리에게 '유리 멘탈 금 접착제'를 뿌렸다. 그러자 예리가 사람들 쪽으로 몸을 돌렸다. 번뜩 정신이 든 것이다. 하지만 마음의 늪은 벌써 예리의 무릎까지 삼키고 있었다.

"어?"

그때, 오드리가 마음 구급상자 안에서 '마음의 늪에서 빠져나오게 해주는 밧줄'을 꺼냈다. 그 후, 오드리가 리아에게 속삭였다.

"일단 예리를 마음의 늪에서 꺼내는 게 우선이야. 내가 밧줄을 던질 거야. 그리고 당길 건데 너도 같이 도와줘. 일반 사람들이 도와주는 건 아무런 소용이 없어. 마음의 힘을 쓴다는 생각으로 힘을 줘야해."

춤을 추다 민망해진 리아가 얼른 대답했다.

"네."

오드리는 '마음의 늪에서 빠져나오게 해주는 밧줄을 휙 던졌다. 툭. 빗나갔다. 오드리는 밧줄을 다시 끌어당겨 숨을 멈추고 집중했다. 한 손으로 밧줄을 공중에 휙휙 휘둘러 다시 한번 온 마음을 다해 예리에게 조준해 던졌다. 성공이다. 밧줄은 마음의 늪으로 점점 강하게 빠져들어 가는 예리의 몸에 촤르륵 감겼다. 그러자 예리가 자기 몸에 칭칭 감긴 밧줄을 잡고 울먹거렸다.

"그냥, 날 내버려둬요."

"왜 그런지 이야기해 볼래?"

마음의 구멍으로 자신의 상처를 시원하게 쏟아내면 그 구멍이 조금은 메꾸어진다는 걸 알았던 오드리가 물었다.

"난 열한 살 때까지는 엄마랑 같이 살았어요. 바퀴벌레가 나오고 보일러도 안 되는 추운 단칸방에 둘이 살았지만 행복했어요. 왜냐하면 잘 때는 엄마랑 껴안고 잘 수 있었거든요. 엄마는 착한 사람이었어요. 하지만 몸이 약한 탓에 조금만 일을 해도 잔병치레를 많이 했어요."

＊

몇십 여 년 전, 예리 엄마 매옥은 세 번의 유산 끝에 힘들게 예리를 낳았다. 바라고 바라던 아이였다. 남편 김춘제와 함께 그럭저럭 평범하게 살아갔다. 하지만 아이를 낳은 지 6년째 되는 날, 그러니까 예리가 여섯 살 때, 춘제는 도박에 손을 대기 시작했고 돈을 잃기 시작했다. 돈을 잃으니 술과 담배가 늘었고 폭력 횟수가 늘어갔다. 춘제가 도박으로 돈을 거의 다 날린 날 춘제는 울고 있는 예리가 시끄럽다고 예리에게 손을 대려고 했다. 매옥은 그 길로 예리를 데리고 밖으로 나갔다. 갈 곳이 없어 친정으로 들어갔다. 친정에서 할머니가 예리를 맡아주고 매옥은 일하러 나갔다. 매옥은 일을 하고 집에 늦게 들어왔지만, 집에만 들어오면 이불 안에서 예리를 꼭 끌어안고 머리를 쓰다듬어 주고 등을 토닥여 주었다. 자기 볼을 예리 볼에 비비며 "미안해, 엄마가 미안해"를 반복했다. 그러다 가슴을 토닥거리며 자장가를 불러주었다.

"잘 자라, 우리 예리, 앞뜰과 뒷동산에~."

그렇게 매일 밤 자장가를 채 다 부르지 못하고 잠이 들었다. 하지만 예리 할머니가 노환으로 돌아가시고 예리를 돌봐줄 사람이 없어지자, 매옥은 어쩔 수 없이 예리를 혼자 집에 두고 일을 갈 수밖에 없었다. 그러다 일이 터졌다. 매옥이 늦게까지 일하고 집으로 들어가 불을 켰는데, 예리가 웅크리고 누워 있었다. 이불을 다 들춰보니 이마에는 식은땀이 흐르고 온몸이 불덩이였다. 매옥은 예리를 둘러업고 가까운 응급실로 뛰기 시작했다. 매옥은 거친 숨을 몰아쉬며 내달리다 돌부리에 걸려 넘어졌다. 무릎이 찢어져 피가 흘렀다. 하지만 그건 전혀 상관없었다. 매옥은 흐트러진 머리를 날리며 응급실로 들어가자마자 소리를 질렀다.

"우리 아기 좀 살려주세요. 살려주세요. 살려주세요."

매옥은 응급실 바닥에 주저앉아 펑펑 울었다. 모든 게 제 탓인 것만 같아 마음이 찢어졌다. 알고 보니 매옥이 오기 직전 열성 경련을 했고 다행이 엄마가 바로 응급실로 뛰어와 조치를 받아 예후가 나쁘지 않았다. 그 후, 매옥은 예리가 아파도 자신이 돌봐줄 수 없다는 사실에 분개했다. 하지만 점점 무기력감을 느끼고 결국 우울해졌다. 우울증이 온 매옥은 결국 결정했다. 자신은 예리를 잘 돌볼 수 있는 상태가 아니라고. 이건 명백한 아동 학대라고. 아픈 아이를 발견조차 못하는 엄마는 엄마가 아닌 악마라고. 그리고 자신이 악마에서 엄마로 돌아올 때까지 잠깐만 예리를 보육원에 보내기로 결심했다. 예리가 열두 살이 되던 해, 엄마는 예리를 데리고 보육원으로 갔다.

"예리야, 엄마가 열심히 돈 벌어서 꼭 다시 올게. 잠깐만 여기 있어."

"엄마, 언제 올 거야?"

"엄마가 몸 빨리 회복하고 돈도 많이 벌면 우리 예리 꼭 공주님 만들어 줄 거야."

"정말?"

"엄마가 약속 안 지킨 적 있어?"

"없어."

"엄마가 예리 정말 사랑하는 거 알지?"

"응, 알아."

"그래, 미안해. 예리야."

"엄마, 사랑해."

그렇게 보육원에 맡겨진 예리는 생각했다. 분명 언젠가 엄마가 꼭 데리러 올 거라고. 하지만 해가 흐를수록 알 수 있었다. 엄마는 자신에게 거짓말을 했다고.

*

매옥은 예리를 보육원에 보내고 우울해졌다. 미안함과 조급함이 뒤엉켜 우울이란 것이 마음에 아로새겨졌다. 마음에 점점 녹이 슬었지만 매옥을 도와줄 사람이 없었다. 오드리를 만났다면 '마음의 녹을 제거하는 손수건'으로 마음의 녹을 닦아주었을 테지만 매옥에게 그런 행운은 따르지 않았다. 매옥은 매 순간 말라갔고 뇌도 좀 먹어갔다. 우울은 매옥의 온몸을 갉작갉작 갉아 먹었고 뇌까지 갉아먹었다. 매옥은 점차 기억을 잃어갔다. 하지만 어릴 적 예리만은 잊지 못했다. 예리를 찾아보려고 했지만 예리를 보육원에 맡긴 것마저 잊어버렸다. 매옥을 가끔 찾아와 돌보던 자원봉사자가 이 사실을 안타깝게 여겨 예리를 수소문했고 결국 6년 만에 예리가 있는 곳을 찾아냈지만 매옥은 상태가 매우 좋지 않았다. 매옥이 잠시 정신이 돌아왔을 때 자원봉사자는 예리에게 전화를 해 매옥을 바꿔주었다.

– 예, 예리야.

– 누구세요?

– 나야. 엄마야. 우리 아가.

– 엄마?

– 그래, 엄마. 엄마 좀 보러 올래?

– 아니? 내가 왜? 거짓말쟁이 나쁜 여자.

– 미안하다. 미안하다. 미안하다. 정말 미안해.

예리의 거친 말에 매옥은 다시 상태가 악화되어 횡설수설했고 예리는 매옥이 자신을 놀리는 것 같아 더 기분이 나빴다. 뒤이어 자원봉사자가 예리에게 이 상황을 설명하려고 했지만, 예리는 전화를 끊어 버렸다. 그리고 며칠 후, 예리의 폰에 매옥의 부고를 알리는 메시지가 온 것이다. 자원봉사자가 찍은 한 동영상과 함께. 예리는 떨리는 손끝으로 동영상을 클릭했다. 동영상에서는 매옥으로 추정되는 여자 한 명이 베개를 끌어안고 연신 미안하다고 말하는 장면과 베개를 어르고 달래며 자장가를 부르는 모습이 담겨있었다. 그리고 한순간 베개를 잃어버리면 바닥에 주저앉아 통곡하며 베개를 찾는 모습도 담겨있었다. 여자는 바닥을 치며 울었다.

"예리야, 어디 갔어? 미안해. 엄마가 미안해."

예리는 그 영상을 보고 벽에 몸을 밀착한 채 쪼그려 앉아 숨죽여 울었다. 엄마가 기억을 잃었다니. 그래서 못 찾아온 거로 생각하니 예리의 마음이 살갗이 벗겨진 듯 쓰라렸다.

처음 예리가 매옥의 전화를 받았을 땐, 분노와 외로움, 슬픔, 반가움, 설렘이 뒤섞여 한꺼번에 밀려왔다. 그래서 알 수 없는 낯섦과 거부감에 일부러 엄마를 밀어내 버렸다. 하지만 몇 시간이 지나자, 엄마가 예전에 잘해주었던 게 다시 생각났다. 예리가 직접 다시 걸려 온 번호로 연락할 수도 있었지만 그러지 않았다. 엄마가 자신을 배신한 것에 대한 분노가 너무 컸으니까. 그래서 예전의 엄마라면 다시 여러 번 연락이 올 거라는 안일한 생각으로 마냥 기다리기만 했다. 조금 기대했다. 만약 여러 번 연락이 오면 못 이기는 척 한 번 만나볼까 생각했다. 하지만 다시는 엄마의 연락을 받을 수 없게 되었다. '내가 먼저 왜 연락을 다시 하지 않았을까?'라는 생각까지 겹쳐서 죄책감과 외로움과 슬픔으로 뒤덮인 예리는 결국 마음의 구멍이 점점 커졌다. 그리고 이렇게 마음의 늪이란 다크 마인드 몬스터에 빠져 버린 것이다.

예리는 보육원에 맡겨진 후, 처음엔 엄마가 올 거라고 기대했다. 하지만 시간이 지나도 엄마가 오지 않자, 낙담했다. 그러다 점점 그 마음은 자신에게 거짓말을 한 엄마가 싫어지는 분노로 변했다. 하지만 얼마 후, 예리는 마음을 접고 현실과 타협을 했다. 그러나 이미 한번 생긴 상처는 없어지지 않았고 그러다 마음에 작은 구멍이 나기 시작하며 우울해했다.

그 구멍은 점점 커졌다. 그렇게 겨우겨우 힘들게 살아가고 있는데 엄마가 나타나 다시 보자고 하니 미칠 지경이었다. 마음이 너무 힘들었다. 하지만 언젠간 엄마가 진심 어린 사과를 여러 번 한다면 다시 엄마와 아기 사이로 돌아가 엄마 품에 꼭 안겨보고 싶었으리라.

*

오드리는 밧줄을 끌어당기며 외쳤다.
"네 잘못이 아니야. 이리 와. 네 마음의 구멍을 메꿔 줄게."
오드리 뒤에서 리아도 함께 밧줄을 잡아당겼다. 머리를 쥐어뜯으며 괴로워하던 예리는 서서히 늪에서 빠져나왔다. 마음의 구멍이 미세하게 작아졌다. 오드리는 늪에서 빠져나온 예리를 품에 안고 연신 괜찮다고 말해주었다. 오드리 품에 안긴 예리는 하늘을 올려다보며 눈물을 흘렸다. 그 사이 늪 몬스터는 저 멀리 도망가 버렸다.

구멍 난 마음

 오드리와 리아는 예리를 부축해 보건실로 왔다. 예리는 기운을 다 썼는지 보건실 침대에 누워 잠이 들었다.
 "리아, 도와주어서 고마워. 이제 가 봐도 돼. 내가 다 알아서 할게. 아, 근데 춤 잘 추더라?"
 "아, 정말요? 좀 쪽팔리긴 했는데. 도움이 되어 다행이에요. 춤이 유일한 제 취미거든요. 그리고 댄서가 유일한 제 꿈이기도 하고요."
 "아, 정말?"
 오드리는 리아와 함께 다크 마인드 몬스터를 물리치고 싶은 마음에 선뜻 이렇게 물었다.

"내가 너의 꿈을 이뤄줄게."

"그게 무슨?"

리아가 어리둥절하게 오드리를 올려다보았다.

"내가 아이돌 그룹 동아리를 운영하거든. 게다가 올해 말에 전국 고교 아이돌 그룹 선발전이 있잖아. 거기서 일등 하면 실제로 아이돌로 데뷔할 수도 있데."

오드리는 방긋 웃으며 좋은 말만 했다. 사실 아이돌 그룹 동아리는 교장 선생님이 억지로 시키는 바람에 얼떨결에 맡았고 학생들이 아무도 가입하지 않아서 폐쇄 위기에 처해 있었다. 하지만 그 말을 하면 리아가 가입할 것 같지 않아 그 말만은 쏙 뺐다.

"어, 생각은 해 볼게요."

"그래. 충분히 생각해 봐."

"네. 안녕히 계세요."

리아는 꾸벅 인사를 하고 보건실로 나왔다.

"아이돌 동아리라…."

드르륵.

교실 문을 열었다. 아이들의 시선이 모두 리아에게 쏠렸다. 아이들 틈에서 설아가 뛰어왔다.

"네가 자살하려는 언니 막았다며?"

"어? 그게."

"진짜야?"

설아의 물음에 아이들이 리아 곁으로 서서히 다가왔다.

"그, 그게."

리아는 아이들이 자신의 비밀에 대해 아는 게 싫었다. 지금의 상황을 벗어나는 방법은 단 하나. 거짓말뿐이었다.

"아니야. 난 그냥 얼떨결에 그 근처에 있었어."

"얼떨결에?"

"응."

설아를 제외한 아이들이 다시 사방으로 흩어졌다.

"휴."

리아는 자기도 모르게 숨을 크게 내쉬었다.

"거짓말이지?"

설아가 눈을 흘겼다.

"뭐?"

"넌 거짓말을 한 후에 항상 숨을 크게 내쉬었어."

"그, 그랬나?"

"말도 좀 더듬고."

"하하."

"멋쩍게 웃고."

리아는 입술을 질끈 깨물었다. 유일한 친구 설아까지 잃어버릴 것 같았으니까. 그렇다고 비밀을 들키고 싶진 않았다.

"거, 거짓말 아니야. 진짜야."

"넌 예전부터 숨기는 게 너무 많아."

"예전부터라니?"

"아무튼 넌 나한테 늘 비밀이 많았어. 그렇게 계속 숨기기만 하면 결국 네 존재도 점차 사라질 거야."

설아는 쌩하니 자기 자리로 가 앉았다.

"하."

리아는 책상에 엎드렸다. 이렇게 계속 자신을 숨기는 게 맞는 일인지 고민이 되었다.

'이러다 평생 혼자가 되는 건 아닐까? 내 자신을 감추는 게 최선인 걸까?'

수업이 끝나고 설아에게 다가갔다. 하지만 설아는 뒤도 안 돌아보고 교실 밖으로 나가버렸다.

리아는 결국 다시 보건실을 찾았다. 보건실 문을 열고 쭈뼛거리며 보건 선생님에게 다가갔다.

"저, 선생님."

"응?"

리아가 오드리 눈치를 보았다.

"괜찮아, 편하게 이야기해."

"전 인생에서 세 번 버림을 받았어요. 첫 번째는 친부모에게서 버림받아 보육원에서 생활했고요, 두 번째는 세 살 때부터 일곱 살 때까지 친언니처럼 저를 돌보아주었던 보육원 봉사자가 어느 순간 발길과 연락을 모두 뚝 끊었고요. 그리고 세 번째는 열 살 때, 양부모님에게 입양이 되었는데 눈치 없이 사람의 마음을 듣고, 보고, 느낄 수 있다고 말했고 그 후, 파양되었어요. 그래서 아까처럼 생리가 터져도 아무도 나를 돌봐줄 사람이 없어요. 생리대나 진통제를 챙겨주는 사람도 첫 생리가 나왔다고 축하해주는 사람도 저에겐 존재하지 않았어요. 만약 저에게도 가족이 있었다면 첫 생리를 했다고 축하도 받았을 거고, 생리한다고 많이 챙겨도 주었겠죠. 그래서 처음엔 날 버린 그 사람들이 정말 미웠고 원망도 많이 했어요."

"정말 힘들었겠다."

"네, 그래서 사람들에게 늘 적당한 거리를 뒀어요. 그런데 웃긴 게 또 사람들과 가끔 친밀해지고 싶기도 한 거예요."

"그걸 바로 '고슴도치 딜레마'라고 한단다."

"고슴도치 딜레마요? '고슴도치도 제 새끼는 예뻐한다.' 뭐 이런 뜻인가요?"

"이 용어는 독일의 철학자 쇼펜하우어가 발표한 고슴도치 우화에 등장한 용어야. 추운 겨울날, 몇 마리의 고슴도치가 옹기종기 함께 있었는데 가까이 다가갈수록 서로의 바늘이 서로를 찔러 결국 떨어져 생활했지. 그렇지만 추위로 인해 고슴도치들은 서로 다시 모였고 이런 과정을 반복한 고슴도치들이 서로 최소 간격을 두는 것이 가장 좋은 방법이라는 걸 발견했어. 너도 마찬가지였을 거야. 사람들과 가까이 지내고 싶지만 버림받은 상처 때문에 거리를 두게 된 것. 충분히 이해해."

"그리고 이게 제 마음이에요."

리아가 자신의 마음을 열어 보여주었다. 마음이 정말 어두웠다.

"저는 마음에 상처를 받으면 그 상처를 여러 가지 물감으로 덧칠해 숨겼어요. 하지만 혼자 집에 틀어박혀 있을 때 흐르는 눈물 때문에 상처가 다시 드러났어요. 그래서 다시 이 색, 저 색으로 덧칠하다 보니 예쁘기만 하던 물감이 뒤엉켜 짙은 검은색이 되었어요. 그래서 제 마음이 이렇게 어두운 거예요."

"그랬구나. 참 잘 견뎌왔구나."

"그런데 지금 이런 생각이 들었어요. 그 사람들은 어떤 마음으로 나를 버렸을까? 만약 내가 오드리 선생님과 함께하며 마음을 치유하는 능력이 생긴다면 그들이 나를 버렸을 때 가졌던 그 상처투성이의 마음들도 내가 치유해 줄 수 있을까? 이런 생각들이요."

"정말?"

"네. 그런데 아까 다크 마인드 몬스터 때문에 소중한 사람을 지키지 못했다고 말했잖아요. 혹시 그게 무슨 말인가요?"

"우리 엄마가 다크 마인드 몬스터 때문에 자살했어."

"네?"

리아는 입을 벌리고 동작을 멈췄다.

"미, 미안해요. 괜한 이야기를 꺼내서."

"아니야, 숨기는 것만은 답이 아니더라고. 우리 할머니도 나도 우리의 능력을 쉬쉬하며 숨겼어. 만약 우리 능력을 드러내고 멘탈이 산산조각 난 엄마를 감싸주고 다독거렸다면 엄마는 다크 마인드 몬스터에 당하지도 않았을 거야."

오드리의 눈에 눈물이 조금 고였다. 오드리는 숨을 크게 한 번 들이마시고 다시 씩씩하게 말했다.

"그래서 난 결심했어. 엄마를 죽게 한 원수를 끝장내야겠다고. 그래서 다크 마인드 몬스터를 물리칠 마음의 도구도 만들고 말이야."

리아는 한참을 숨죽이고 곰곰 생각에 빠졌다. 그리고 한참 만에 입을 열었다.

"저 생각이 바뀌었어요."

"어떻게?"

오드리가 리아를 바라보며 부드럽게 미소를 지었다.

"저 결심했어요. 저도 제 능력을 살려 다른 사람의 마음을 치유해 주고 싶어요. 아이돌 그룹 동아리에도 들어갈게요. 그래서 제 꿈도 펼쳐보고 싶어요."

"그것 또한 네 마음이지. 그런 결정을 해주어서 나로서는 고맙구나."

"평생 이렇게 내 마음을 숨기고 살다간 정말 저 자신이 사라질 것만 같았거든요. 제 유일한 친구 설아도 제가 마음을 자꾸 숨긴다고 상처를 받더라고요. 그리고 화가 났는지 저에게 '숨기기만 하면 결국 네 존재도 점차 사라질 거야'라고 하더라고요. 그 말을 듣고 나니 정말 그럴 것 같았어요. 이러다가 전 저 자신이 누구인지도 모르고 조용히 사라질 것만 같았어요. 그리고 선생님 말씀을 듣고 나니 지금부터라도 제 곁의 소중한 사람들을 제가 직접 지키고 싶다는 생각도 들었어요."

"멋지다."

"에이, 멋있긴요. 아참, 아까 다크 마인드 몬스터는 정말 끔찍했어요."

"다크 마인드 몬스터는 여러 종류가 있어."

"네? 오늘 본 늪 몬스터 말고도 다른 게 또 있어요?"

"내가 알기론 멘탈에 금이 간 사람의 주위를 서성거리며 예민하게 만드는 일반 다크 마인드 몬스터가 있고, 아까 본 우울의 늪으로 빠져들게 하는 마음의 늪 몬스터가 있고, 또 마음을 갈기갈기 찢어놓는 마음 칼 몬스터, 그리고 마음을 무너뜨리는 마음 폭탄 몬스터, 금이 간 유리 멘탈에 직접 들어가 사람의 정신과 마음을 조정하는 컨트롤러 몬스터 등이 있는 걸로 알아. 그런데 나도 지금까지는 마음의 늪 몬스터 밖에 못 봤어."

"아이들의 금이 간 유리 멘탈이 흔들리다 터지면 유리 조각이 산산조각 나 흩어지고 그 조각을 다시 빨리 맞춰 주지 못하고 잃어버리면 새로운 다크 마인드 몬스터가 생긴다고 했죠?"

"응. 그렇지. 그래서 금이 간 유리 멘탈이 있는 아이들을 예의 주시해야 해."

그때, 예리 언니가 침대에서 뒤척거렸다.

"아참, 근데 예리 언니는 이제 어떻게 해요?"

"충분히 쉬다가 일어나면 마음에 난 구멍을 메꿔 줘야 해."

"어떻게요?"

"이 마법의 반죽으로."

"와."

그 사이 예리가 잠꼬대하며 벌떡 일어났다.

"엄마!"

"괜찮니?"

오드리와 리아가 함께 예리에게 뛰어갔다. 예리는 온몸이

식은땀으로 젖어있었다.

"꿈에서 엄마가 절 보러 왔어요."

"그래, 엄마는 하늘에서 너를 계속 지켜주실 거야."

오드리가 엄마처럼 예리를 꼭 안아주었다.

"선생님, 제 마음에 커다란 구멍이 생긴 것 같아요."

"맞아, 얼마나 마음이 시렸겠니."

"네. 마음이 너무 아파요. 엄마에게 처음 전화가 왔을 땐, 너무 화가 났어요. 엄마가 날 버렸다는 생각이 들었으니까요. 그러니까 엄마의 모든 게 밉게 느껴지더라고요."

"그래, 그럴 수 있어. 그걸 '뿔 효과'라고 한단다."

옆에 있던 리아가 물었다.

"'뿔 효과'요? '화가 나서 머리에 뿔난다.' 이런 뜻인가요?"

"'뿔 효과'란 도깨비 뿔처럼 못난 것 한 가지만 보고 그 사람 자체를 나쁘게 생각하고 거부하는 것을 말해."

"맞아요. 엄마가 날 버렸다고 생각이 들자 순간 엄마의 모든 게 나빠 보였어요. 하지만 생각해 보니 그건 진심이 아니었어요. 난 정말 엄마가 보고 싶었어요. 엄마가 나에게 더 매달리고 미안하다고 사과하면 받아주려고 했어요. 근데 더는 기회가 없었어요. 난 몰랐어요. 엄마가 치매에 걸렸다는 건. 너무 마음이 아파요."

"그래, 너무 힘들었겠다. 예리야, 선생님이 마음을 좀 고쳐

줄까?"

"마음을 고쳐 줄 수도 있어요?"

"그럼. 당연하지. 예리가 선생님을 믿으면 선생님이 예리의 마음에 난 구멍을 메꿔줄 수 있어."

"믿을게요. 아까도 알 수 없는 힘에 묶여 꼼짝도 못 하고 있었는데 선생님 덕분에 빠져나올 수 있었으니까요."

"그래, 믿어줘서 고맙다. 힘든 일이 있으면 마음껏 표현하고 실컷 울 거라. 그래야 마음의 구멍은 점점 작아지고 숨 쉴 구멍은 점점 커진단다."

오드리가 보건실 뒤쪽 공간의 가림막 커튼을 열며 돌아보았다.

"들어와. 여긴 내 간이 마음 연구소야. 근무가 끝나면 남아서 마음을 연구하는 곳이지."

꼭 케이크를 만드는 체험을 하는 공방 같았다. 오드리는 커다란 그릇에 밀가루를 부었다.

"예리야, 넌 지금 마음에 무엇을 추가하고 싶니? 여기서 두 개만 골라. 너무 많이 고르면 마음이 혼란스러울 수 있으니까."

오드리는 약장에 손을 뻗었다. 약장에는 여러 개의 유리병이 진열되어 있었다. 노란 가루, 분홍 가루, 주황 가루, 빨간 가루 등이 들어 있었고 유리병에는 각각의 가루 이름이 적혀

있었다. 예리는 '희망' 유리병과 '설렘' 유리병을 들어 오드리 선생님에게 건넸다.

"오, 탁월한 선택."

오드리는 밀가루 반죽에 '희망' 가루와 '설렘' 가루를 조금 뿌린 다음 한라산에서 받은 달의 정기가 가득한 물을 부었다. 오드리는 모든 재료가 잘 섞이도록 이리저리 저었다. 오드리는 반죽 판에 밀가루를 솔솔 뿌리고 반죽을 꺼냈다.

"온 마음을 다해 반죽하는 게 중요해. 리아야, 네가 반죽해 볼래?"

"제가요?"

"응."

리아는 두 손으로 조심스레 반죽을 주무르고 치댔다. 거친 표면이 점점 부드러워졌다.

"예리 언니에게 바라는 너의 마음도 넣어줄래?"

"제 마음도요?"

"응."

리아는 곰곰 생각하다 중얼거렸다.

"예리 언니의 구멍 난 마음이 이 반죽으로 따뜻하게 채워졌으면 좋겠어요."

그러자 손에 자꾸만 붙던 반죽이 손에서 떨어지고 더 솜털처럼 부드러워졌다.

"반죽이 잘 됐으니 예리의 구멍 난 마음에 채워볼까?"

리아는 오드리와 함께 마음으로 빚은 반죽을 예리의 구멍 난 마음에다 가져다 댔다. 그리고 그 반죽으로 마음의 구멍을 천천히 채워주었다. 예리의 마음에 난 구멍이 점점 줄어들었다.

"다 됐다."

오드리는 난로처럼 생긴 걸 끌고 왔다.

"예리야, 여기 등을 대고 앉아 봐."

"뜨겁지 않을까요?"

"마음에만 작동하는 오븐이라 안 뜨거울 거야."

예리는 '마음 오븐'에 등을 대고 앉았다. 잠시 후, 고소한 냄새가 피어올랐다. 잠시 뒤 예리의 마음 반죽이 소복이 부풀어 올랐다. 설렘과 희망도 함께 부풀어 올랐다. 오드리는 예리의 등을 토닥이며 말했다.

"앞으로 힘들면 이야기하고 울고 싶으면 참지 말고 울었으면 좋겠어."

"정말 고맙습니다."

예리는 힘겹게 입을 뗐다.

"저 조촐하게 엄마의 장례식을 하려고 하는데요. 같이 와 주실 수 있나요?"

"그럼. 당연하지."

집으로 돌아오는 길, 리아는 설아에게 전화를 걸었다. 뚜루루 반복되는 신호음만 들릴 뿐이었다.

톡톡톡. 액정을 두드리며 문자를 썼다.

- 설아야, 미안해. 잠깐 볼 수 있어? 나 학교 앞 떡볶이집에서 기다릴게.

몇 분이나 지났을까?

떡볶이집 문을 열고 설아가 들어왔다.

"너 보러 온 거 아니다. 떡볶이 먹으러 온 거다."

"알았어. 내가 쏠게."

달콤하고 매콤한 떡볶이를 먹으며 리아가 말했다.

"설아야, 나 사실 자살하려던 언니 막는데 좀 일조했어. 근데 그렇게 말하면 다른 아이들의 관심이 확 올 거 아니야. 나 관심받는 거 싫어하는 거 알지? 그래서 너한테만 따로 말하는 거야. 미안. 아까 본의 아니게 거짓말해서."

"음, 더 숨기는 건 없어?"

"뭘 숨기는 것 같아?"

"응."

"왜?"

"네가 사람들을 볼 때의 눈이 심상치가 않다고 느꼈거든. 내 눈치가 100단이거든."

"너, 너 알아? 내가 그거 보는 거?"

"응. 그럴 것 같았어. 너 언제부터 신기 있었냐?"

"아, 신기 같은 건 아니고, 네가 믿을지 모르겠는데 사실은 나 다른 사람들 멘탈이랑 마음을 좀 봐."

푸흡.

설아가 입안 가득 있던 떡볶이 조각을 내뱉었다. 리아의 얼굴에 떡볶이가 덕지덕지 붙었다.

"아, 미안해."

설아가 휴지로 리아의 얼굴을 닦았다.

"근데 진짜야? 내 멘탈은 어때? 내 마음은?"

"네 멘탈은 여리지만 금은 가지 않았고 마음은 엄청 투명하고 순수해. 속이 뻔히 보여. 그래서 널 더 좋아하지."

"와, 신기하다."

"나 솔직하게 이야기했다. 다른 사람한텐 일단 비밀로 하자."

"오케이."

말하고 나니 후련했다. 진짜 자신을 조금 찾은 것 같은 느낌도 들었다. 그 후, 리아는 자신에 대해 진지하게 생각하게 되었고, 설아와는 좀 더 끈끈한 사이가 되었다.

며칠 후, 예리 엄마의 장례식이 오드리와 친분이 있는 원장님의 동네 병원에서 작게 치러졌다. 끝까지 엄마를 돌보던 자원봉사자의 도움으로 엄마의 사진을 받을 수 있었고 그 사진을 인화해 영정사진을 만들어 놓았다. 장례식을 찾아오는 사람은 거의 없었지만 예리는 꿋꿋이 자리를 지키고 있었다.

장례식 마지막 날 한 대학생처럼 보이는 남자아이가 들어왔다. 오드리가 리아의 옆구리를 찔러 속삭였다.

"저 남학생의 마음에 끈 보여?"

오드리가 남학생의 등 부위에 삐져나온 긴 마음의 끈을 발견했다.

"와, 저 사람은 왜 저렇게 마음의 끈이 길어요?"

"곧 인연을 만난다는 뜻이지."

"혹시 이곳에서요?"

"그건 몰라."

남학생은 예를 지켜 절을 하고 꾸벅 인사를 했다. 낯선 사람이라 당황했지만 누구냐고 물어보는 건 예의가 아닌 것 같아 예리는 허리를 굽혀 감사의 뜻만 전했다.

"안녕하세요. 혹시 예리님?"

"네. 안녕하세요."

"제가 예리님에게 전화한 자원봉사자 차승혁입니다."

"아…."

예리는 엄마의 마지막을 함께 한 사람을 보자 다리에 힘이 풀려 주저앉았다.

"고맙습니다. 정말 고맙습니다. 덕분에 마지막으로 엄마의 목소리를 들을 수 있었어요. 그리고 엄마의 사진까지 볼 수 있었고요."

"제가 더 일찍 방문해야 했는데 우리 집에도 큰일이 생겨서 겨우 정리하고 오는 길입니다. 저는 전국 대학교 봉사 단체 회장이고요. 자원봉사하는 장소가 매옥님 사는 곳과 일치하여 매옥님과 인연이 닿았습니다."

"그랬군요. 전 정말 엄마를 안 볼 생각은 아니었어요."

"이해합니다."

"네?"

"저희 봉사 단체에서는 보육원에도 가서 봉사를 하거든요. 그럼 그곳 아이들은 부모님을 원망하기도 하면서 보고 싶어 하기도 하죠."

"저도 그랬어요. 엄마를 겨우 잊었는데 연락이 와서 화가 났어요. 하지만 엄마를 안 볼 생각으로 그런 것은 아니었어요. 저한테 조금만 더 사과하면 보려고 했어요. 사실은 너무 보고 싶었어요."

"마음이 아주 아프시겠습니다. 그리고 졸업하면 대학교 등록금, 취업 등 여러 가지 어려움이 많을 겁니다. 그때 저에게 연락하시면 최대한 도움을 드리겠습니다."

승혁은 예리에게 자신의 명함을 주었다.

– 전국 대학생 봉사 단체 회장 차승혁

예리는 명함을 만지작거리며 옅게 미소를 지었다.

"감사합니다."

"저, 혹시 초등학교 어디 나왔나요?"

"네?"

"오소초등학교요."

"역시."

"네?"

"나 기억 안 나?"

예리는 눈을 가늘게 뜨며 승혁을 뚫어지게 바라보았다.

*

몇 년 전, 예리가 보육원으로 들어간 열두 살 때, 예리는 보육원 근처 오소초등학교에 다녔다. 예쁜 외모 덕에 여자 아이돌이란 별명을 얻은 예리는 인기가 많았다. 승혁은 집으로 오는 길, 오소초등학교 앞에 서 있는 예리를 처음 보고 한눈에 반했다. 그렇다. 솜사탕처럼 달콤한 첫사랑이었다. 그때부터 열네 살 승혁은 같은 동네 예리를 졸졸 따라다녔다. 하지만 예리는 승혁에게 눈길조차 주지 않았다. 승혁은 마음을 먹고 예리에게 고백했다.

"예리야, 오빠랑 사귈래?"

"싫어."

"왜, 왜?"

"꼬꼬마라서."

그때부터 운동을 싫어하던 승혁은 운동을 시작했다. 입이 짧던 승혁은 이것저것 많이 먹기 시작했다. 승혁은 키가 크고 몸이 탄탄해져 다시 예리에게 고백하려 했지만 승혁이 아빠가 사업에 큰 성공을 거두고 다른 곳으로 이사를 가는 바람에 타이밍이 맞지 않았다. 하지만 예리를 향한 승혁의 마음 끈은 날이 갈수록 길어졌다. 의대에 진학해 전국 대학생 봉사 동아리 회장도 맡으며 자원봉사를 시작했다. 그러다 우연히 예리 엄마 매옥을 만났고 예리에 대한 마음의 끈이 더 길어졌다. 매옥에게 이상하게 연민의 정을 느낀 승혁은 매옥 전담 자원봉사자가 되었고 자주 찾아가 매옥을 돌봐주었다. 처음에는 매옥이 예리의 엄마인지 몰랐지만 매옥과 함께 하는 시간이 길어지자 매옥의 정신이 가끔 돌아오는 순간도 포착할 수 있었다. 매옥은 정신이 돌아올 때마다 예리를 찾아 헤맸다. 그러다 베개가 예리인지 알고 베개를 안고 토닥였다. 승혁은 매옥이 찾는 예리가 자신의 첫사랑 예리인 줄 몰랐다. 하지만 매옥의 얼굴에서 예리의 얼굴이 희미하게 보였고 결정적으로 매옥이 서랍 깊은 곳에서 어릴 적 예리의 얼굴이 담긴 앨범을 꺼내 볼 때 확실히 알 수 있었다. 매옥이 예리의 엄마라는 걸. 승혁은 다짐했다. 예리의 연락처를 알아내 예리가 엄마를 보러 오게 하기로. 우여곡절 끝에 예리의 연락처를 알아내 연락했지만 예리는 극도로 차가웠다. 그 후, 얼마 지나지 않아 매옥은 죽었고 예리에게 부고 사실을 알렸다. 예리의 장례식을 도와주려고 했지만 승혁의 할아버지의 병세가 급격하게 악화되는 바람에 경황이 없었다. 다행이 승혁의 할아버지의 병세가 호전되는 바람에 매옥의 장례식이 올 수 있게 되었다.

*

예리는 승혁을 올려다보며 말했다.
"키 많이 컸네. 승혁 오빠."
승혁의 마음 끈이 살랑살랑 흔들리며 예리의 짧은 마음의 끈에 닿았다. 그러자 놀랍게도 예리의 마음 끈이 길어지며 서로 감겼다. 끈의 아래쪽 끝이 위로 올라가 고리 사이로 통과하며 매듭이 지어졌다. 영원히 풀리지 않는 사랑의 매듭이.
며칠 후, 예리는 승혁이와 함께 보건실로 왔다. 마침 리아도 보건실에 있었다.

"저, 감사 인사를 드리러 왔어요. 구해주셔서 감사드려요. 오드리 선생님."

예리가 고개를 꾸벅 숙였다. 예리가 이번엔 리아의 손을 잡으며 말했다.

"리아야, 고마워."

승혁이가 보건실을 신기하게 둘러보았다. 승혁이는 오드리와 함께 이야기했다. 그 사이 리아가 예리에게 물었다.

"언니!"

"응. 리아야. 잘 지냈지?"

"근데 언니, 승혁 오빠 정말 잘생겼다. 연애하니 좋아?"

"글쎄."

"뭐? 글쎄?"

"사람들이 자꾸 수군거려서 좀 그래."

"뭐라고 수군거리는데?"

"꽃뱀이라고."

"뭐?"

당황한 리아가 크게 소리를 질렀다. 오드리, 승혁이가 모두 리아 쪽을 바라보았다. 리아는 입을 틀어막고 숨을 가다듬고 다시 물었다.

"왜 그런 소문이 난 거야?"

"사람들 시선이 좀 그렇더라고. 보육원 출신 고아가 의대생이랑 사귄다고. 꽃뱀이라고 다 들리게 이야기해."

"나빴다, 정말."

"하, 그래서 헤어질까 생각도 했어."

"언니가 왜 헤어져? 보란 듯 잘 사귀어야지."

"그러니까."

그때, 오드리가 오라는 손짓을 했다. 리아와 예리가 오드리 쪽으로 갔다.

"세상에, 이 멋진 청년 좀 봐. 의대생인 데다가 전국 대학생 봉사 동아리 회장이라니. 진짜 멋있지 않니?"

승혁이가 멋쩍게 웃으며 말했다.

"세상엔 도움이 필요로 하는 마음이 아픈 사람이 많거든요."

"정말 대단한 것 같아."

몇 분 후, 승혁이와 예리가 자리에서 일어났다.

"이제 우리 가볼게요."

"그래, 자주 놀러 와."

마음에 돋은 가시

예리의 자살 소동 때문에 한동안 학교가 시끄러웠으나, 학생부장이 복도를 뛰어다니며 학생들을 조용히 시킨 덕분에 잠잠해졌다.

학생부장은 옥상에서의 사건을 잊을 수 없었다. 늘 마음이 답답하고 아팠는데 보건교사가 이상한 핀셋을 들고 말벌을 떼어준 후로 마음이 조금 괜찮아졌다. 그 후, 그 자리에 있었던 선생님들에게 물어보니 모두 본인들은 말벌을 보지 못했다고 했다. 그럼 뭐지? 이 미스터리한 또 다른 사건을 해결하기 위해 학생부장은 다시 보건실로 발길을 돌렸다.

-똑똑

노크를 하고 문을 열었다. 리아는 오드리 선생님에게 춤을 알려주다 멈칫했다.

"너 여기서 뭐 하니?"

"아, 그, 그게."

리아는 학생부장을 보자 표정이 일그러졌다. 또 어떤 심술을 부릴지 몰랐기 때문이다.

학생부장은 학생들 사이에서 좀비로 통했다. 새벽 일곱시만 되면 학교 교문 앞에 서서 학생들을 지도하고 학생들이 조금만 엇나간다 싶으면 엄청난 포효를 하며 달려들었다. 그러던 아이들은 기겁하고 도망갔다. 하지만 지구 끝까지 따라갈 것 같은 눈빛으로 도망가는 아이들의 뒷덜미를 낚았다.

리아도 예외는 아니었다. 첫 학기가 시작되는 날, 리아는 복도에 지나가는 한 남학생을 보았다. 그 남학생은 마음의 짐을 짊어지고 있었다. 그런데 알고 보니 같은 반이었다.

'열일곱 살이 어떻게 저렇게 무거운 짐을 지고 있지?'

처음엔 단순한 호기심이었다. 그리고 그 다음엔 관심이었고, 그 관심은 자연스럽게 호감으로 바뀌었다. 호감에서 사랑으로 바뀌는 건 눈 깜짝할 사이였다. 그저 그 아이가 살짝 미소를 지었을 뿐이다. 허공을 보고. 단지 그뿐이었다. 처음으로 사랑에 빠진 리아는 그 남학생의 정보를 캐기 시작했다.

이름 : 남태석

나이 : 열아홉 살

키 : 181cm

아버님 직업 : 대기업 CEO

어머님 직업 : 교수

형 : 서울대 법대생

오르지 못할 나무 쳐다보지 말랬지. 조사를 마친 리아는 태석을 포기할까 생각했다. 하지만 아무리 노력해도 태석의 얼굴이 허공에 둥둥 떠다녔고 꿈에서는 시도 때도 없이 태석이와 데이트를 즐겼다. 그래, 아무렴 어때, 그냥 짝사랑하는 건데. 그렇게 리아의 짝사랑은 진행 중이었다. 리아는 태석에게 예뻐 보이고 싶어 저도 모르게 처음으로 교복 치마를 접어 올렸다. 그게 화근이었다. 학생부장은 리아의 치맛자락의 길이에 변화가 있다는 걸 귀신같이 알아내고, 좀비같이 달려들었다. 리아는 공포에 질려 외쳤다.

"학생부장님, 체육복 바지로 갈아입을게요. 살려주세요."

그 사건이 떠오르자 리아는 고개를 푹 숙였다.

"넌 수업도 다 끝났는데 집에 안 가고 왜 보건실에 있냐?

그것도 보건실 안에서 춤을 추다니."

"아, 그게."

리아가 머뭇거리자 오드리가 나섰다.

"리아가 아이돌 그룹 동아리 최초 멤버거든요."

"아이돌 그룹 동아리요?"

"네. 제가 우리 학교에 아이돌 그룹 동아리를 최초로 만들었어요."

"보건 선생님이 아이돌 그룹이라."

"에이, 저도 춤 잘 춰요."

오드리는 좌우로 몸을 어색하게 흔들었다.

학생부장은 오른쪽 눈썹을 위로 치켜뜨고 오드리를 아래, 위로 훑어보았다. 평소 같았으면 학생부장은 리아를 향해 집에나 가라고 소리를 질렀을 것이다. 하지만 오늘은 조용히 의자에 앉았다. 오드리가 학생부장의 마음을 들여다보며 물었다.

"혹시 어디 아프세요?"

"그게."

학생부장의 마음에는 여전히 굵고 날카로운 가시들이 촘촘히 박혀있었다. 학생부장은 평소답지 않게 우물쭈물하며 긴장하고 있었다.

"커피 한 잔 드릴까요?"

"아, 네. 감사합니다."

오드리는 '마음을 여는 커피 원두'를 내렸다. 고소한 원두 냄새가 보건실을 감싸안았다.

"커피 드셔요."

"아, 감사합니다."

학생부장은 뜨거운 커피 한 모금을 마셨다. 따뜻한 기운이 온몸을 돌며 닫힌 마음을 조금 열었다.

"이 커피 정말 맛있네요."

마음이 조금 열린 학생부장이 멋쩍게 웃었다.

"천천히 드세요."

"네."

학생부장은 입맛을 다시며 홀짝홀짝 커피를 마시다 입을 열었다.

"저기."

"네. 편하게 말씀하세요."

"그때 옥상에서 말이에요."

"옥상에서요? 아, 네."

"죄송했어요. 제가 너무 가시 박힌 말들을 내뱉어서."

"속상한 마음에 그러셨겠죠."

"제가 사실은 거의 매일 마음이 너무 날카롭거든요. 늘 답답하고요. 그날도 그랬죠. 그래서 또 화를 낸 거고. 그런데 보건 선생님이 제 등에 말벌을 떼 준다고 핀셋으로 등을 긁었죠. 그 후 놀라운 일이 벌어졌어요. 그렇게 날카롭던 제 마음이 오랜만에 살짝 부드러워지며 눈물이 나는 게 아니겠습니까. 하하. 나중에 옥상에 있던 다른 선생님들한테 들었어요. 내 등 뒤에는 말벌이 붙어있지 않았다고."

혹시나 들켰을까 봐 리아의 심장이 덜컥 내려앉았다.

"사실대로 이야기해 주십시오. 이게 어찌 된 일인지."

오드리가 머뭇거리자 학생부장이 말을 이었다.

"추궁하러 온 것이 아닙니다. 다만, 다시 한번 그런 마음을 느끼고 싶어 이렇게 부탁드리는 겁니다."

"아, 그렇군요. 그렇게 하려면 먼저 학생부장님의 마음을 더 활짝 여셔야 해요. 그래서 왜 마음이 날카로워졌는지를 말씀해 주셔야 합니다. 그렇게 마음을 쏟아내고 나면 다시 이야기해 드릴게요."

"가만, 내가 언제부터 이렇게 됐더라?"

학생부장은 고개를 숙이고 한참 깊은 생각에 빠졌다.

*

몇 년 전, 학생부장은 평교사였다. 수학 교사로서 고등학교 삼 학년 반의 담임을 맡고 있었다. 그는 꼼꼼하고 성실

했다. 학교에서도 수학을 잘 가르치는 선생님으로 정평이 나 있었다. 학부모들은 학생들의 통제를 잘하는 선생님을 좋아했고 학생들도 선생님을 잘 따랐다. 학생부장은 늦게까지 학교에 남아 수학을 어떻게 잘 가르칠지 생각했고, 집에 와서도 일을 멈추지 않았다. 학생부장에게는 한 명의 아들이 있었다. 아들은 고1이었다. 뿔테 안경을 쓰고 얼굴이 희멀건 키가 작은 조용한 아이, 호규. 학생부장은 아들을 그저 사춘기조차 오지 않은 착하고 조용한 아이로만 보았다. 그래서 평소에 아무런 문제가 없다고 생각했다.

"저, 아빠."

"왜?"

"할 말이 있는데요."

"그걸 꼭 지금 이야기해야 하냐?"

"아니요."

"그럼 나중에 이야기하자."

"네."

다음 날, 새벽 한 시, 호규는 다시 아빠의 방으로 왔다.

- 똑똑똑

"왜?"

"저, 아빠. 오늘은 이야기해도 돼요?"

"미안, 아빠가 오늘 밤새 수학 문제를 내야 해."

"아, 네."

"다음 주에 이야기하자."

"네."

학생부장은 호규의 눈도 마주치지 않고 연필로 수학 문제를 풀었다.

다음 주, 밤 열한 시, 호규가 학생부장의 방문에 노크했다.

"왜?"

"저…. 할 이야기가 있는데요."

"하…."

학생부장은 침대에 누워 깊은 한숨을 내쉬었다.

"아빠 지난주 한숨도 제대로 못 잤어. 호규야, 호규야. 좀! 눈치 좀 챙겨라."

"네. 죄송합니다."

"하, 쟤는 나이가 열일곱이나 돼서 센스가 없어. 쯧"

호규는 아빠에게조차 버림받았다는 생각이 들었다.

밤 열두 시까지 종이에 뭔가를 끄적거리고 그 종이를 식탁 위에 놓았다. 그리고 오래된 옷장에서 엄마가 남긴 스카프를 목에 둘러맸다. 아빠의 두꺼운 잠바를 입고 운동화를 신고 현관문을 열었다.

끼익-

한 번 더 뒤로 돌아보았다. 하지만 집안 전체는 고요했다.

호규는 미련 없이 문을 닫았다. 호규는 새벽의 찬 공기를 가르며 걸었다. 매서운 바람이 머리를 헝클었지만 상관없이 걷고 또 걸었다. 저 멀리 벤치가 보였다. 벤치 옆 빈자리를 바라보다 손바닥으로 벤치를 몇 번 쓸었다. 그러다 주머니에서 폰을 꺼냈다. 떨리는 손끝으로 액정을 꾹꾹 눌렀다.

- 뚜르르

몇 번의 신호음이 가다 누군가 전화를 받았다.

"여보세요?"

"엄마."

"호규?"

"네."

"엄마가 이제 전화하지 말랬지?"

"왜요?"

"엄마가 몇 번을 말해. 엄마 이제 다른 가정 있다고. 그래서 너랑 연락 못 한다고."

"왜요?"

"아들 있다는 걸 숨기고 다른 남자랑 결혼했다고. 그리고 다시 아들, 딸까지 낳았다고."

"나도 엄마 아들이잖아요."

"그렇지만 이젠 아니지."

"네? 엄마가 집 근처 벤치에 앉아서 내 손잡고 말했잖아요.

자주 보러 오겠다고."

"그렇지만 상황이 안 되는 걸 어떡하니? 응? 그리고 넌 벌써 다 컸잖아. 열일곱 살 아들이 징그럽게 엄마한테 왜 그래?"

"제가 징그러워요?"

"아무튼 앞으론 다신 전화하지 마라. 엄마 없다고 생각해."

"엄마가 있는데 어떻게 엄마가 없다고 생각해요?"

"네 잘난 아빠 있잖아. 그리고 학교 선생님들도 있고. 네 친구도 있을 거 아니야."

"전 친구 없어요."

"도대체 어쩌라고 네 친구 사귀는 것까지 내가 도와줘야 해?"

그때, 수화기 너머로 시끄러운 소리가 울려 퍼졌다.

"이 시간에 누구랑 통화해? 남자 목소리인데? 너 바람까지 피우냐?"

달깍-

호규는 전화기를 아빠 잠바에 넣고 건물들을 올려다보았다.

"높다."

목이 아플 만큼 높은 건물을 보다 고개를 숙이고 땅이 꺼질 듯 한숨을 쉬었다. 그리고 벤치 앞 건물 계단을 올라갔다.

차가운 계단 난간을 한 걸음 오를 때마다 숨이 턱턱 막혔다.

끼익-

녹슨 문을 여니 옥상이다. 늘 그렇듯 물탱크 옆에 자리를 잡고 웅크리고 앉았다. 원래는 라면을 부셔 먹기도 했지만 오늘은 그럴 기분이 아니었다. 쪼그려 앉아 많은 생각을 했다.

'난 왜 호구일까?'

상처 많은 호규는 그 누구에게도 마음의 상처를 내보일 수도 없었다.

*

호규는 초등학교 때, 자신의 이름이 호구랑 비슷하다는 것을 알게 되었다. 이름으로 놀림을 받고, 키로 놀림을 받고, 조용하다고 놀림을 받았다. 그 놀림은 중학교에서도 이어졌고, 고등학교에 입학해서도 계속되었다.

"어이, 호구. 매점 가서 우리 간식 좀 사와."

호규는 반 아이들의 아바타처럼 행동했다. 하지만 아빠에게도 엄마에게도 괴로운 마음을 털어놓을 수 없는 처지였다. 모두에게 버림받았다고 생각되자 모든 걸 놓게 되었다.

호규는 폰을 꺼내 엄마에게 마지막 문자를 보냈다.

- 엄마, 나도 엄마의 아들이 되고 싶었어.

아빠에게도 마지막 문자를 보냈다.

- 아빠, 다음에는 꼭 제 이야기 많이 들어주세요.

그리고 폰을 껐다.

"후."

깊은숨을 몰아쉬며 난간으로 서서히 올라갔다.

"화가 되는 게 꿈이었는데, 그림 한 장 못 남기고 가네."

호규는 아빠 잠바에 무심코 손을 넣었다가 뭔가를 꺼냈다.

"분필?"

호규는 하늘색 분필을 잡고 옥상에 그림을 그리기 시작했다.

쓱쓱-

바닥에 아빠와 엄마 사이에 안긴 아기가 된 자기 모습을 그렸다.

"다음 생엔 이렇게 될까?"

호규는 아빠와 이야기하는 자신의 모습, 엄마가 '아들'하며 뛰어오는 모습을 그렸다. 친구들과 어깨동무하며 사이좋게 과자를 나눠 먹는 모습도 그렸다. 분필이 짧아져 그림을 못 그릴 때가 되어서 손을 털고 일어났다.

호규는 자신이 그린 모습을 한참 내려다보았다.

스윽스윽.

어디선가 칼 가는 소리가 들렸다. 커다란 칼 모양의 다크 마인드 몬스터가 공중에 칼을 휘두르는 형상을 하며 호규에게 다가왔다. '마음을 갈기갈기 찢어놓는 마음 칼 몬스터'였다. 몬스터는 멘탈에 금이 간 호규의 마음에 다가갔다. 호규 눈에는 몬스터가 보이지 않았지만 귀신이 앞에 있는 것처럼 오싹함을 느꼈다.

"이, 이제 내려가야겠다. 아빠한테 한 번 더 이야기를 해보자고 하는 거야."

호규는 두 손을 비비며 문 쪽으로 몸을 돌렸다. 그때, '마음을 갈기갈기 찢어놓는 마음 칼 몬스터'가 호규의 마음을 칼로 갈기갈기 찢었다.

마음이 찢어지게 아파진 호규가 무릎을 꿇었다.

"맞아. 난, 난 안 돼. 아무리 노력해도 소용없을 거야. 난 죽어야 해. 나만 죽으면 끝날 거야."

호규는 난간 위로 올라가 몸을 던졌다. 자기가 원하는 모습을 그림으로 남겨둔 채 자신은 세상을 등진 것이다.

세상모르고 잠에 든 선생님 폰으로 전화가 왔다.

"안녕하십니까. 경찰서입니다."

경찰에게 자식의 자살 소식을 듣게 된 선생님은 장례를 마치고 호규가 다니던 학교 교무실로 찾아갔다.

"호규 담임 어디 있어?"

선생님은 호규 담임을 찾아가 멱살을 잡고 흔들며 말했다.

"우리 아들 이렇게 될 때까지 왜 몰랐습니까?"

"아이구, 아버님 왜 이러십니까?"

"우리 아들이 남긴 편지에 괴롭힘을 받았다고 하던데 담임이 몰랐어?"

"몰랐습니다. 이야기하지 않았어요."

선생님의 다음 타깃은 상담 부장이었다.

"학생 관리는 왜 제때 안 했습니까?"

"그게 무슨?"

"올해 학생 정서·행동 특성검사 했을 거 아닙니까?"

"검사에서 아무 문제 없었습니다."

"그렇다 하더라도 상담 부장님은 학생들을 수시로 상담하며 낌새를 차렸어야지요."

"전교생을 어떻게 다 상담합니까?"

"그래도 자살까지 간 학생은 알아봤어야지."

선생님은 상담부장의 멱살을 잡고 또 흔들었다. 선생님의 또 다른 타깃은 학생부장이었다.

"학생부장님, 우리 아들 괴롭힌 인간들 이름입니다. 이 학생들 어디 있습니까?"

"아, 그게."

"우리 아들이 이렇게 괴롭힘당할 때까지 왜 모르셨냐 말입니다."

 선생님은 거기서 그치지 않고 보건실에도 찾아갔다.

 "보건 선생님은 왜 우리 아들의 상태를 못 알아차렸습니까?"

 그다음, 선생님은 아들 교실로 성큼성큼 올라갔다.

 "내 아들 괴롭힌 인간들 나와."

 그때, 만약 선생님들이 한꺼번에 말리지 않았다면 지금 학생부장은 범죄자가 되어있었을지도 모른다.

*

 많은 이야기를 한꺼번에 내뱉어 목이 마른지 학생부장은 헛기침을 했다.

 "그날 나는 집으로 가서 아들의 방을 치웠어요. 벽면에 작은 그림, 낙서들이 엄청 많이 있었죠. 난 그때 처음 알았어요. 아들이 미술을 좋아했는지. 그리고 아들이 뛰어내린 옥상에도 갔었는데 거기도 그림들이 그려져 있었죠. 눈물이 났어요. 아들은 따뜻한 가정을 원했구나. 아들이 그렇게 된 건 내 잘못이 가장 컸다는 걸요. 그 후, 나는 학생부장이 됐고 아이들의 일거수일투족을 감시했어요. 아이들의 상처를 놓치면 큰일 나니까. 우리 아들은 못 구했어도 우리 학교 학생들은 내가 구하자는 심정으로. 그러다 보니까 이렇게까지 된 것 같네요."

리아는 놀라서 입을 틀어막았다. 좀비라는 별명이 전혀 어색하지 않았던 거친 학생부장이 저렇게 슬픈 사연을 가지고 있다니.

오드리가 고개를 끄덕였다.

"그랬군요. 얼마나 마음이 아프셨습니까."

"얼마나 마음이 아픈지 녀석이 그렇게 된 날 먹은 음식은 쳐다도 보지 못하겠어요."

"그날 무슨 음식을 드셨는데요?"

"그날, 난 아들이 그렇게 될 줄도 모르고 감자탕을 시켜서 먹고 잠에 들었어요. 그 후부터 감자탕만 보면 내 안에 모든 걸 토해버릴 것 같은 느낌이 들었어요. 먹지도 않았는데도요."

"그걸 '가르시아 효과'라고 합니다."

옆에 있던 리아가 중얼거렸다.

"가오나시 효과요?"

"아니, 가르시아 효과, 이건 특정 음식을 먹고 불쾌한 경험을 한 후 그 음식을 피하는 심리야."

오드리가 리아에게 속삭였다.

"리아야, 학생부장님 마음에 가시 좀 다 빼내어 주겠니?"

"네? 제가요?"

"응, 너도 할 수 있어."

리아는 '마음의 가시를 빼는 핀셋'을 들고 학생부장 등 쪽으로 갔다.

"어? 보건 선생님이 직접 빼주시는 게 낫지 않을까요?"

"이 학생의 마음 에너지가 엄청 좋아요. 저보다 더 잘 뺄 거예요."

"하지만 이 학생은 좀…."

"왜요?"

"아니, 자기와 친한 언니가 죽으려고 하는데 그 앞에서 춤을 춘 학생이지 않습니까?"

안타깝게도 리아는 옥상에서 춤을 춘 후, 정신이 조금 이상해졌다는 소문이 돌았다.

오드리 선생님이 난감한 표정을 지으며 말했다.

"아, 그건 리아 학생이 다른 사람의 이목을 끌기 위해 일부러 춤을 춘 거예요. 의심이 많았던 학생부장님 마음의 가시를 빼려면 어쩔 수 없는 선택이었죠."

"아, 그래요? 오해했네요."

그 틈을 타 리아가 학생부장에게 정중하게 물었다.

"저 학생부장님, 마음에 가시를 제거해 드려도 될까요?"

"그래, 고맙다."

학생부장이 등을 숙였다. 등에 빽빽하게 꽂힌 가시를 하나, 둘 빼내었다. 학생부장의 날카로운 얼굴이 점점 순해졌다.

"이건 뭐지?"

가시를 다 빼내고 하나 남은 이상한 것을 빼내려고 리아가 용을 썼다.

"보건 선생님, 이건 왜 안 빠질까요?"

오드리가 학생부장의 등을 세심히 살폈다.

"이건 가시가 아니야."

"네?"

리아가 다시 이상한 그것을 꼼꼼히 훑었다. 손으로 만지자 가시보다 더 단단했고 차가웠다.

"가시가 아니면 뭐죠?"

"이건 못이야."

"못이요?"

"학생부장님, 아드님이 그렇게 가는 바람에 마음에 대못이 박혔어요."

"아…."

"그럼 '마음의 가시를 뽑는 핀셋'으론 안 되고 '마음의 대못을 뽑는 공구'로 뽑아야 해."

오드리는 '마음의 대못을 뽑는 공구'를 리아에게 건넸다.

"자, 대못 뽑습니다."

왠지 모르게 대못을 뽑는 리아의 손이 떨려왔다. 낑낑거리며 못을 뽑으려 했지만 못은 엄청나게 깊게 박혀있었다. 리아는 자신을 버리고 간 부모님과 자신에게 사랑을 듬뿍 주다 발길을 끊은 봉사자, 그리고 자신을 파양한 양부모님을 떠올렸다. 리아도 그 사람들에게 받은 마음의 상처가 너무 컸다. 그래서 늘 생각했다. 언젠가 한 번이라도 자신에게 연락해 사과해 주기를.

"저, 학생부장님."

"왜?"

"이 대못은 부장님 아들이 박은 거예요. 그래서 제 생각에는 학생부장님께서 아들에게 사과하셔야 할 것 같아요."

"사과?"

학생부장은 깊은 한숨을 내쉬었다.

"그러고 보니 아들에게 제대로 사과도 못 했네."

학생부장은 바닥에 무릎을 꿇었다.

"호규야, 우리 아들, 정말 미안하다. 아빠 가슴에 박은 대못을 빼도 되겠니? 다음 생엔 네 이야기 많이 들어줄게. 약속하마."

학생부장은 바닥에 눈물을 뚝뚝 흘렸다. 그러자 놀랍게도 학생부장의 가슴에 박힌 대못이 약하게 흔들렸다. 리아는 그

틈을 타 '마음의 대못을 뽑는 공구'로 대못을 잡아 뺐다. 그렇게 단단하던 대못은 힘없이 쑥 빠져나갔다. 리아는 마음에서 뺀 대못을 학생부장에게 건넸다. 학생부장은 대못을 부여잡고 뜨거운 눈물을 흘렸다. 학생부장의 눈물에 대못은 점점 작아지며 사라졌다.

리아가 학생부장에게 다가가 말했다.

"마음에 박힌 대못은 뺐지만 뺀 자리에 마음의 상처가 났어요. 아무는 데는 꽤 걸릴 거예요."

"그래, 고맙다."

학생부장이 비틀거리며 일어나 꾸벅 인사를 하고 돌아갔다.

"학생부장님이 안쓰러워요. 아직 마음이 아물지도 못했잖아요."

"그렇지. 그래도 마음에 박힌 대못은 뺏으니까 서서히 아물 거야."

그다음 날부터 학생부장은 마음의 상처를 치료받기 위해 자주 보건실로 왔다. 오드리와 리아는 학생부장을 위해 반려 식물도 선물해 주었다. 반려 식물이 혼자 사는 사람들의 외로움을 달래는 데 큰 도움을 준다는 통계가 있었기 때문이다. 그리고 자살 유가족 모임도 소개해 주었다. 그리고 '마음을 여는 커피 원두'도 자주 내려주었다.

학생부장은 집에 오면 '마음을 여는 커피 원두'를 내려 마시고 반려 식물에 물을 주고 애지중지 키웠다. 그리고 주말마다 자살 유가족 모임에 나가 자신의 마음을 활짝 열고 상처를 쏟아냈다.

"안녕하세요. 이게 우리 아들이 그린 그림입니다."

학생부장은 아들 방에 애정을 가지고 들어가기 시작하며 발견한 그림들을 자살 유가족 모임에 가져왔다.

"정말 잘 그렸죠?"

그 모임에서 한 여자가 그림에 관심을 보였다.

"오, 선이 장난이 아니네요. 굉장히 분위기도 독특하고요."

모임이 끝나고 그 여자가 학생부장에게 다가왔다.

"안녕하세요. 저는 영혼 미술관 관장인데요."

"아, 안녕하세요."

"아까 아드님 그림이 너무 흥미로워서요."

"감사합니다."

"그래서 그런데 혹시 허락만 해주신다면 아버님의 사연과 아드님의 그림을 콜라보레이션 해서 우리 미술관에 아드님 그림을 전시하고 싶은데요."

"네?"

학생부장은 기분이 이상했다.

"충분히 생각해 보시고 연락주세요."

여자는 자신의 명함을 학생부장에게 건넸다. 학생부장은 수업이 끝나고 보건실로 와서 고민을 털어놓았다. 리아가 활짝 웃으며 말했다.

"너무 좋은 기회인 것 같은데요? 아들과의 추억도 회상하고 아들의 못다 이룬 꿈도 이뤄주고 일석 이조인데요?"

오드리도 맞장구쳤다.

"그러게요. 미술 전시회 열면 알려주세요. 저랑 리아랑 꽃다발 들고 갈게요"

"그런가요?"

며칠 후, 자살 유가족 모임을 끝내고, 학생부장은 여자를 따로 불러냈다.

"생각해 봤는데요. 저 그 전시회를 열게요."

"잘 생각하셨어요."

그렇게 미술 전시회 준비가 시작됐다. 학생부장은 아들의 방도 더 자세히 보고 사진도 찍고 아들과 조금 친했던 친구도 만나 이야기도 해보면서 아들의 흔적을 찾기 시작했다. 아들에 대해 점차 알게 되면서 아들에 대한 마음이 커졌고 그럴 때마다 대못이 박혀있던 마음의 상처는 점차 아물게 되었다.

몇 달 후, '아들의 영혼까지 사랑하는 아버지'란 제목으로 전시회가 열렸다. 미술관 관장은 학생부장의 사진과 아들의 사진을 합성하기도 하고 아들이 그린 그림을 디지털화시켜 움직이게도 하면서 전시회를 정성껏 준비했다. 전시회는 사람들 사이에서 감동적이라는 입소문을 타기 시작했다. 사람들이 한 명, 두 명 모여들더니 나중에는 방송국에서 촬영까지 하고 갔고 신문 기사에도 나왔다. 원래 한 달로 예정되었던 전시는 일 년 동안 이어졌다. 리아와 오드리도 전시회에 함께 가서 방명록도 적고 학생부장에게 꽃다발도 전해주었다. 학생부장은 전시회가 진행되는 동안 자주 전시회에 가서 아들의 그림을 감상하고 아들에 대해 추억했다. 전시 기간이 끝나고 미술관 관장이 학생부장에게 문자를 보냈다.

- 안녕하세요. 고생 많으셨습니다. 오늘 쫑파티 기념으로 식사나 같이할까요?

학생부장은 답장을 보냈다.

- 덕분에 제 상처 난 마음이 많이 아물었습니다. 고맙습니다. 식사는 제가 대접하겠습니다.

학생부장은 미술관 관장과 분위기 좋은 레스토랑에서 만났다.

"관장님, 고생 많으셨어요. 우리 아들 미술 작품을 그렇게 세련되게 업그레이드 시켜주시다니. 정말 예술의 혼이 깃든 작품 같았어요."

"아드님이 그림을 잘 그려서 그렇지요. 아들 그림은 모두 집에 가져가셔도 됩니다."

"정말요?"

"그럼요. 당연하지요."

"감사합니다."

"제가 더 감사하죠. 덕분에 저도 덩달아 유명해졌는걸요."

그렇게 밤늦게까지 학생부장과 미술관 관장은 아들의 미술 이야기를 나누었다.

"안녕히 가세요. 감사했습니다."

"저 학생부장님."

"네?"

"학생부장님은 아들을 잃은 아픔이 있고, 저는 남동생을 잃은 아픔이 있잖아요. 그 아픔을 함께 나누고 싶어요."

"아, 네."

"그래서 말인데요. 다음 주 주말에도 시간이 되실까요?"

"아, 당연히 있습니다."

그렇게 학생부장과 미술관 관장은 서로의 마음을 달래주는 친구, 아니, 친구보다 더 가까운 관계가 되었다. 그리고 학생부장 마음의 상처는 많은 이들의 사랑으로 채워져 조금씩 아물었다.

마음의 짐

오드리와 리아는 보건실에서 포스터 한 장을 만들었다.

아이돌 그룹 동아리 모집
단 1분의 오디션과 면접으로 결정

포스터에는 이 시대 최고의 걸그룹 아리비의 사진이 걸려 있었다.

"하하. 이 정도면 많이 오겠죠?"

"그래. 백 명 정도 몰리면 어쩌지? 한 명당 1분이라도 백 명이면 100분이잖아. 하, 생각만 해도 아찔하네."

"그러게요."

리아는 은근히 짝사랑하는 태석이가 지원하길 바라며 혼자 흐뭇하게 웃었다.

"저는 다른 동아리원이 오기 전에 안무를 미리 좀 짜두었어요."

"아, 진짜?"

"네. 한번 보실래요?"

리아는 오른쪽으로 몸을 한 번 꺾었다가 오른쪽으로 몸을 빙그르르 한 바퀴 돌렸다. 두 팔을 위로 쭉쭉 뻗으며 엉덩이를 좌우로 흔들었다.

"이 정도밖에 못 짰어요."

"오. 괜찮다. 완전 걸그룹 센터상이야."

"아, 진짜. 쌤 뭐 먹고 싶어요. 제가 살게요."

"그래? 진짜지? 우리 카페 가서 시원한 거 마시자."

"네. 가요. 카페."

오드리와 리아는 학교 밖으로 나와 카페로 향했다. 카페에 앉아 이야기를 나누었다.

"뭐 마실래? 선생님이 살게."

"아니에요. 제가 살게요."

"넌 다음에 사. 오늘은 선생님이 살 테니까."

"아, 정말요? 그럼 저는 딸기 라떼 먹을게요."

"그래, 나는 아인슈페너 한 잔 먹어야겠다. 케이크는?"
"저는 치즈 케이크요."
"그래, 나는 티라미수 케이크 하나 먹어야겠다."
리아가 키오스크로 주문했다.
몇 분 후, 주문한 디저트가 나왔다.
"먹자."
리아는 얼음이 가득한 시원하고 달콤한 딸기 라떼를 시원하게 마셨다. 오드리는 아인슈페너 한 모금을 마시고 티라미수 케이크 한 입을 먹었다.
"에이, 나는 뭐니 뭐니해도 이게 맛있더라."
오드리는 가방에서 오징어 다리를 찾아 뜯었다.
"헐, 오징어 다리를 가지고 다녀요?"
"그럼. 음식 간이 안 맞을 때마다 오징어 다리 뜯으면 딱 좋아."
오드리는 장난스럽게 말하다 진지한 얼굴로 통창문을 바라봤다. 창문 너머 강이 흘렀다.
"리아, 네가 많이 도와줘서 고마워."
"처음엔 제 마음을 숨기고 제 정체를 숨기는 게 좋았어요. 안 그러면 또 버림받을 것만 같았으니까요. 괜히 양 엄마에게 다른 사람의 마음이 보인다고 말하면서 파양됐으니까요. 그래서 저는 있는 듯 없는 듯 학교를 졸업하는 게 제 목표였어요. 대학교 가서도 직장에 가서도 있는 듯 없는 듯 지내는 게 제 꿈이었죠. 그런데 선생님 덕분에 목표가 많이 바뀌었어요. 남을 돕는 게 이렇게 행복한 일인지 몰랐거든요."

"아리스토텔레스는 인간이 미덕에 부합하는 삶을 통해 진정한 행복에 이르는데, 이를 위해 이타심이 중요하다고 말했어. 남을 돕는 행동을 하면 옥시토신이 더 많이 분비되어 마음을 더 행복하게 만들어주지. 아마 지금 네 마음이 더 환해졌을걸?"

리아는 자신의 마음을 열었다. 칠흑처럼 어두웠던 마음이 조금 밝아져 있었다.

"와, 정말이네요?"

리아는 틈만 나면 보건실로 가서 오드리 보건 선생님과 함께 아이들의 마음을 돌보았다. 그러면서 틈틈이 춤을 추고 노래를 부르며 댄서의 꿈도 함께 키웠다. 꿈도 희망도 없이 살았던 리아가 마음도 점차 밝아지고 꿈까지 생긴 것이다.

쏴-

비가 많이 내리는 날, 보건실 문이 열렸다. 훤칠한 남학생이 보건실로 들어왔다. 리아는 숨이 멎을 것 같았다. 리아의 첫사랑 남태석이었다.

"안녕하세요."

태석은 엉거주춤하게 서 있었다.

"그래, 안녕? 너 혹시 오디션 보러 왔니?"

"오디션이요?"

"그래, 온 김에 오디션 보고 가라."

"무슨 오디션이요?"

"아이돌 그룹 동아리 오디션."

"제가 노래에는 관심이 있는데. 지금은 그럴 여유가 없어서."

오드리가 태석이의 마음을 뚫어지게 바라보다 말했다.

"어, 너 잠깐 이 위에 서 볼래?"

오드리는 약장에서 마음 체중계를 바닥에 놓았다.

"체중은 왜요?"

"잠깐 올라가 봐."

태석은 마음 체중계에 올라갔다.

'980kg'

마음의 짐이 엄청 무거웠다.

"잠깐만요. 이거 뭔가 잘못된 것 같아요."

"음. 혹시 오늘 뭐 때문에 왔니?"

"손가락을 좀 다쳐서요."

"아, 그래?"

오드리가 심각한 표정을 짓더니 '마음을 여는 커피 원두'를 내렸다.

"이거 디카페인이라 괜찮아. 한 잔 따뜻하게 마셔."
"감사합니다."
태석이 커피를 마시는 동안 오드리가 리아에게 말했다.
"다음의 짐 무게가 엄청난데?"
"그러게요."
리아는 태석을 바라보았다. 태석은 무거운 마음의 짐을 어깨에 잔뜩 짊어지고 있었다. 오드리는 태석에게 조심스레 물었다.
"손 다친 거 말고 다른 상담 할 건 없니?"
'마음을 여는 커피 원두'를 호로록 마시던 태석이 힘겹게 입을 열었다.
"사실은 엄청나게 고민되는 게 있어요."
"그래? 뭔데?"
태석은 어깨가 무거운지 연신 어깨를 주무르며 말을 이었다.
"사실은 몇 달 전에 아버지가 쓰러지셨어요."

＊

몇 달 전, 학원을 마치고 집으로 돌아가는 길, 태석은 전화 한 통을 받았다.

"여보세요?"

"태석아, 아빠 쓰러지셨다."

"네?"

태석은 그 길로 바로 아빠가 입원한 병원으로 갔다.

"아빠."

아빠는 VIP 병동 1인실에 입원을 해 있었고 주위에 과일 바구니가 엄청 많이 놓여 있었다. 태석 아빠는 대기업 CEO로 권력과 재력을 모두 거머쥐고 있었다.

"엄마, 아빠 괜찮아요?"

"응. 간이 많이 안 좋으신가 봐."

"간이요?"

"간 이식을 받아야만 생존 확률이 올라간다더구나."

"하."

그 후, 가족들은 간 이식에 적합한지 여부를 알기 위해 모두 검사를 진행했다. 검사 결과, 태석이가 가장 적합하다는 결론이 났다. 가족들이 모두 모여 있는 자리에서 엄마가 물었다.

"태석아, 너 아빠한테 간 이식 해줄 거지?"

가족들의 모든 시선이 태석이에게 쏠렸다.

"어?"

"뭘 고민해? 아들이면 당연히 해 줘야지."

큰아버지가 신문을 보며 시큰둥하게 말했다.

"그러니까. 간은 다시 자라난다며? 아빠 생명이 달렸는데 맞는 사람이 줘야지."

고모가 손톱으로 구찌 가방을 쓰다듬으며 말했다.

"그래, 너희 아버지가 번 돈으로 네가 이렇게 잘 컸지. 아버지가 뼈 빠지게 일해서 이 가정을 얼마나 크게 일궜냐? 모른 척하면 안 되지."

작은아버지가 담배를 한 대 태우며 말했다. 할머니는 그저 눈물만 흘리시고 태석을 끌어안았다.

"우리 아들, 아빠한테 간 줄 거니?"

엄마가 애처로운 눈빛으로 태석을 올려다보았다.

"하."

깊은 한숨을 내쉬니 멀리서 '쯧쯧' 소리와 함께 '자식새끼 키워봐야 소용없다'는 말이 어렴풋이 들려왔다.

태석은 고개를 숙였다. 지금 저런 잔소리를 하는 친척들은 모두 아빠의 도움을 받아 사업에 성공한 사람들이었다. 아빠의 돈줄이 필요하니까 자신에게 간을 강요하는 느낌이 들었다.

"줄 거지?"

엄마가 태석의 팔을 잡고 물었다.

"으, 응."

태석은 마지못해 답하고 집 밖으로 나왔다.

태석은 무작정 뒷산으로 걸어 올라갔다. 거친 숨을 몰아쉬며 산자락을 감아 돌았다. 등줄기에 땀이 맺혀 흘러내려도 멈추지 않았다. 산 중턱에 올라가 바위에 걸터앉았다.

'아빠는 나에게 어떤 사람이었나?'

태석은 하늘을 올려다보며 아빠에 대해 생각했다. 아빠는 단 한 번도 자신에게 시간을 내어주지 않았던 일 중독자라고 정리했다. 오로지 일만 몰두했다. 돈은 많이 벌어준 덕분에 태석의 가족뿐 아니라 친척들까지 다 먹여 살릴 수 있었다. 그렇게 돈은 벌어주었지만 시간은 내어주지 않았다. 태석이 초등학교 입학식, 운동회, 졸업식뿐만 아니라, 태석의 축구 경기 대회도 단 한 번 보러 오지 않았다. 생일 때도 카드만 책상 위에 놓고 갈 뿐이었다. 맞다, 물질적으로는 정말 풍요롭게 살았다. 하지만 정신적으로는 외로웠다. 아빠와 1분 이상 대화를 해 본 적이 없었다. 오로지 일만 하는 아빠의 모습만 떠오를 뿐이었다. 그런 아빠에게 자의가 아니라 타의로 간을 준다고 생각하니 뭔가 찜찜했다. 태석은 아빠에게 간을 주더라도 기분 좋게 자의로 주고 싶었다. 가족들에게 둘러싸여 압박을 받으며 주고 싶진 않았다. 정말 자신의 마음에서 진심이 우러나와 자의로 주고 싶었다. 하지만 이미 엎질러진 물이었다. 이미 이렇게 되어버리니 멀리 도망가고 싶었다.

정서적으로는 아빠의 역할도 못 한 아빠에게 간을 준다니 기분도 이상했다. 그리고 막상 간을 뗀다고 생각하니 두렵기도 했다. 그때부터 태석의 마음에는 무거운 짐이 생기기 시작했다.

*

태석은 자신의 걱정을 이야기하고 다시 커피를 마셨다.
"내가 간을 떼준다고 한들, 아빠는 제게 고마운 마음이 들까요?"
오드리가 태석에게 조용히 말했다.
"네 마음이 너무 무겁겠다."
"네. 주변 사람들이 자꾸만 당연히 내 간을 주라고 말하는 바람에 저도 모르게 알겠다고 말한 것도 너무 싫고요. 저는 자발적으로 그 일을 하고 싶거든요. 남이 시켜서가 아니라."
"그걸 '거울 자아 이론'이라고 해."
옆에 있던 리아가 물었다.
"거울에도 자아가 있어요?"
"이 이론은 주변 사람들이 나를 바라보는 시선에 따라서 그에 맞는 행동을 하려고 하는 경향이야. 너도 가족이나 친척들의 기대에 부응하기 위해 얼떨결에 수긍을 한 거지."

"아, 그렇군요."

"태석아, 네가 믿을지 안 믿을지 모르겠는데."

"아무 말이나 해주세요. 너무 힘들어요."

"우린 사람의 마음이 보여."

"네? 우리요?"

"응. 나랑 리아."

태석이 리아를 바라보자 리아의 얼굴이 새빨개졌다.

"네 마음의 짐이 엄청난 게 보여."

"하."

평소 같으면 이상한 사람이라고 자리를 박차고 나갔겠지만 이미 마음의 문이 열린 태석은 이 말을 믿었다.

"그래서 그런데 리아가 네 아빠 병원에 같이 가서 네 아빠 마음 샘플을 조금 들고 와도 될까?"

"마음 샘플이요?"

"응. 마음 샘플을 조금 채취해 오면 내가 마음 현미경으로 네 아빠의 마음을 좀 들여다볼 수 있을 것 같아서. 네 아빠를 이해하면 네 마음이 조금 가벼워질까 해서."

"좋아요."

그때, 리아가 오드리에게 속삭였다.

"보건 선생님, 왜 내가 가요?"

"네 마음 한 번 봐."

리아는 제 마음을 내려다보았다. 마음이 붕 떠 있었다.
"헉. 나대지 마. 마음아."
"봤지? 네가 갔다 와."
제 마음을 들킨 리아는 얼굴에 손부채질을 했다. 오드리는 '마음 샘플 채취하는 핀셋'을 건네며 말했다.
"이걸로 마음 샘플 좀 채취해 와라. 등 부분이나 가슴 부위에 튀어나와 보이는 마음을 살짝 긁어오면 돼. 네가 부담스러우면 태석이한테 채취 부위를 알려줘서 직접 시키면 되고."
"네."
리아가 자리에서 일어나 태석을 바라보며 말했다.
"가자."
"그래."
리아와 태석은 보건실 밖으로 나왔다.
"너희 아빠 병실에 내가 같이 따라가도 될까?"
"그럼."
"네가 부담스러울까 봐."
"날 도와주려는 건데 부담스러운 게 아니라 오히려 고맙지."
리아와 태석은 말없이 걷고 또 걸었다.
"이 병원이야."

리아와 태석은 병원으로 들어가 엘리베이터를 타고 7층 VIP 병실로 올라갔다. 엘리베이터에서 내려 706호로 들어갔다. 아버지는 약한 모습을 보여주기 싫다는 이유로 간병인조차 쓰지 않았다. 그래서 병실에는 아무도 없었다.

"아빠, 저 왔어요."

아빠는 잠에 들었는지 대답이 없었다.

"아빠 잠드셨나 보다. 잘 됐다. 아까 그 '마음 샘플 채취하는 핀셋'으로 아빠의 마음 좀 채취해 줄래?"

"응."

리아가 핀셋을 들고 옆으로 돌아누운 태석의 아빠 등 뒤로 갔다. 아빠의 마음에 핀셋을 가져다 대자 핀셋이 금방 얼어붙었다.

"헉, 마음이 엄청 차가워."

꽝꽝 언 핀셋으로 겨우 마음 샘플을 채취해서 통에 담았다.

"휴, 다행이다."

"고마워."

"아니야. 당연히 해야 할 일인데."

"에이, 당연히 해야 할 일이 세상에 어디 있어? 난 네가 대단하다고 생각해. 리아야."

"너 내 이름 어떻게 알아?"

"알지."

"언제부터?"

"흠, 언제부터였더라?"

태석이 자신을 알고 있었다는 말을 듣자 리아의 가슴이 마구 뛰었다.

"넌 참 단단한 아이인 것 같아."

"응?"

"난 유리 멘탈인데다 매일 멘탈이 탈탈 털리고 있거든. 근데 넌 멘탈이 강한 것 같은 느낌이 들어."

"그래?"

"응."

"뭘 보고?"

"그냥 느낌?"

"그렇구나. 칭찬이지?"

"당연하지. 나에게 없는 면이 있는데. 그리고 너 멘탈 흔들리는 애들 잡아준다는 소문이 있던데. 그때, 예리 누나를 구해준 것도 너라며?"

"다 같이 구한 거지, 뭐."

"아무튼 너 멋있어. 우리 학교에 너 모르는 애 없을걸?"

"데이, 나 하나도 안 멋있어."

병실을 나와 태석이 물었다.

"너 혹시 배 안 고프냐?"

"응. 배고파."

"우리 분식집 가서 떡볶이나 먹을까?"

"너도 떡볶이 좋아해?"

"응."

"나도 정말 좋아해."

"그래? 나 떡볶이 맛있게 하는 집 알거든? 같이 갈래?"

"콜."

태석은 리아를 데리고 자주 가는 맛나나 분식점으로 데려갔다.

"여기 떡볶이가 매콤하고 달콤하면서 카레 맛과 마늘 맛이 적절하게 섞여서 나는데 아무튼 맛있어. 그리고 떡볶이 국물에 육각 만두가 들어 있거든. 그거 떡볶이 국물에 찍어 먹으면 진짜 대박이야. 먹어 봐."

태석은 키오스크에서 주문하고 돌아와 앉았다.

"넌 마음은 어때?"

"마음?"

"멘탈은 강해도 마음은 약할 수 있잖아."

"아, 내 마음은 좀 아주 어두워."

"왜?"

리아가 고개를 숙였다.

"말 안 하고 싶으면 안 해도 돼."

"아니야. 나도 말하고 싶어. 너도 네 무거운 마음을 이야기했잖아. 난 사실 보육원에 살아."

태석이 담담히 고개를 끄덕였다.

"그랬구나. 잘 컸다. 정말."

태석이 리아의 머리를 헝클어트렸다.

"아, 뭐야?"

리아가 부끄러움에 입술을 살짝 깨물었다.

"근데 또 입양은 됐어."

"아, 진짜?"

"근데 또 파양됐어."

"그런데도 참 단단하게 자란 게 대견하다."

태석이 리아의 어깨를 부드럽게 톡톡 쳤다.

"네가 어른이냐?"

말은 그렇게 했지만 리아는 설레서 마음이 공중 부양한 듯 붕붕 떴다. 마음을 털어놓고 나니 한결 시원해졌다. 마음을 내려다보니 마음이 약간 검 분홍빛이 되어 있었다.

'뭐야? 블랙 핑크야?'

자신의 마음이 한층 밝아진 게 좋아서 리아는 상글상글 웃었다. 그때, 김이 모락모락 나는 떡볶이가 나왔다.

"와, 맛있겠다."

매콤한 양념이 떡볶이에 잘 배어있었다. 리아는 저도 모르게 침을 꿀꺽 삼켰다. 포크로 떡볶이 두 개를 동시에 찍어 입속으로 쏙 넣었다. 떡볶이를 우물거리자 떡에 벤 달콤한 양념이 새어 나왔다.

"진짜 맛있다."

"내가 그랬잖아. 정말 맛있다고. 만두도 먹어 봐."

리아와 태석은 떡볶이와 만두를 먹었다.

"쓰읍. 조금 맵다."

리아가 혀를 빼꼼 내밀었다. 그러자 태석이 손을 번쩍 들고 외쳤다.

"이모, 여기 쿨패스 하나요."

리아가 바라보자 태석이 말했다.

"매울 땐 쿨패스지."

"하하. 너 생각보다 재밌다."

"당연하지. 내가 이 마음에 짐만 없었으면 진짜 더 재미있는데."

리아와 태석은 빠르게 떡볶이 한 접시를 다 비웠다.

"아, 배부르다."

"이제 다시 보건실로 가자."

"그래."

리아와 태석이 학교로 들어가 보건실 문을 두드렸다.

"응, 왔어?"

오드리가 오징어 다리를 씹으며 손을 흔들었다.

"선생님은 퇴근 안 하세요?"

태석이 의아하게 물었다.

"야근은 일상이야."

"왜요?"

"요즘 아이들이 멘탈은 다 유리멘탈이고 마음도 다 아프거든. 내가 여기서 좀 더 일해야 아이들을 한 명이라도 더 살릴 수 있어. 그게 내 운명이고. 아, 샘플 가져왔어?"

리아가 오드리에게 샘플을 담은 통을 건넸다.

"여기요."

"그래. 고맙다."

리아가 통에서 샘플을 꺼내 현미경 위에 놓았다.

"이건 무슨 현미경이에요?"

"'마음을 보는 현미경'이야."

"선생님은 이런 걸 어떻게 만들어요?"

"온 마음을 다해!"

"네?"

"그리고 우리 할머니가 오랜 시간 동안 연구하신 것을 내가 계속 보완해서 물품들을 만들고 있지."

"네? 농담이죠?"

"농담 반, 진담 반이야. 이 사건만 해결하면 너희들에게 알려줄게."

태석이 놀란 눈으로 오드리 선생님에게 물었다.

"저에게도요?"

"응. 너도 특별하거든. 리아, 너도 오늘 태석이랑 오래 같이 있으면서 느꼈지?"

"뭘요?"

"태석이 마음 제대로 안 봤어?"

"네? 그게."

오드리가 리아 귀에 속삭였다.

"사랑에 눈이 멀어 정작 태석의 마음을 제대로 못 보았군."

리아가 입에 검지를 가져다 대며 중얼거렸다.

"선생님, 조용히."

"일단 태석이 마음만 잘 해결하면 내가 너희들 따로 불러서 '다크 마인드 몬스터 사냥' 회의를 할 거야. 조금 기다려."

"오, 대박."

태석이 '다크 마인드 몬스터 사냥' 이야기를 듣고 흥분했다.

"똑바로 사냥하려면 일단 태석의 마음의 짐부터 내려놓고 해야 하니까. 어디 보자."

오드리는 태석 아버지의 마음 샘플을 현미경으로 들여다

보았다.

"오, 마음이 완전히 꽁꽁 얼었네."

"그래서 우리 아빠가 늘 차가웠군요."

"왜 이렇게 차가워졌을까? 그걸 알아야 하는데. 내가 너한테 '마음을 여는 커피 원두'를 줄 테니까 리아랑 다시 한번 아빠에게 찾아갈래? 아빠한테 가서 이걸 먹이면 아빠의 마음이 조금은 열릴 거야. 그럼 네가 묻는 거에 대답해 줄 거야."

"저, 선생님."

"리아, 왜?"

"정말 감사하긴 한데요. 아까 샘플을 채취하러 갈 때, 한꺼번에 주셨으면 한 번에 다 해결됐잖아요."

리아의 물음에 오드리가 귓속말로 속삭였다.

"데이트 기회 한 번 더 주는 데 말이 많다?"

"아, 진짜. 또 뭐 빼먹은 건 없죠?"

"아, 있다."

오드리가 약장에서 '얼어붙은 마음을 녹이는 핫팩'을 건넸다.

"태석 아버지의 마음에 문이 활짝 열려서 자신의 마음을 쏟아부으면 이 핫팩을 마음에 가져다 대. 그럼 꽁꽁 얼었던 마음이 스르르 녹을 거야."

"네. 알겠어요."

리아가 '마음을 여는 커피 원두'를 들고 보건실 문을 열고 나갔다. 태석이 오드리에게 고개를 꾸벅 숙이고 리아를 따라 나갔다.

"나 때문에 미안."

"아, 아니야. 나 좋아."

"어?"

"아니, 네가 좋은 게 아니라 그러니까 그냥 이 일이 좋다 이 말이야."

"아, 그래?"

"응."

오드리는 횡설수설하며 앞으로 걸어갔다. 태석이 그 뒤를 따랐다. 어색함이 둘 사이에 내려앉았다.

병실에 도착해 문을 두드리고 들어갔다.

"아빠, 저 왔어요."

"그래."

아빠는 태석을 바라보지 않은 채 창밖을 보고 작게 대답했다.

"아빠, 따뜻한 차 한 잔 내려드릴게요."

"괜찮다."

"저, 안녕하세요. 저는 태석이 친구 리아입니다."

낯선 사람의 목소리에 태석은 그제야 고개를 돌렸다. 리아에게 살짝 고개 숙여 인사하더니 이내 곧 다시 창밖을 바라보며 중얼거렸다.

"빨리 일을 해야 하는데. 일이 산더미처럼 밀려있어."

"아빠, 좀 쉬셔야지 빨리 낫지요. 그놈의 일 좀 그만 생각해요."

"그놈의 일이라니? 일 때문에 우리 가족이 이렇게 유지되는 거야."

"그놈의 일 때문에 우리 가족이 이렇게 어긋나는 거겠죠."

"뭐? 이 자식이."

살을 에는 살얼음판 같은 상황에 리아가 태석의 팔을 끌고 병실 밖으로 나갔다.

"태석아, 너 지금 너무 흥분했어."

"우리 아빠가 저런 사람이야."

"알고 있어. 마음 샘플 확인해 봤잖아. 마음이 엄청 차가운 거. 그건 알지만 왜 차가워졌는지 알아보기 위해 온 거잖아. 맞지?"

"하, 맞아."

"그래야 네 마음의 짐도 내려놓을 수 있고."

"응."

"그러니까 침착하게 대응하자. 일단 저 '마음을 여는 커피 원두'를 우리가 먼저 마시자. 그리고 아버지도 드리자."

"그래. 그게 좋겠다."

리아와 태석은 먼저 '마음을 여는 커피 원두'를 마시고 다시 병실로 들어갔다.

"아빠, 아깐 미안했어요."

"그만 나가봐라."

태석 아빠의 마음에 찬 바람이 쌩쌩 불었다.

"아빠, 이제까지 가족을 위해 일하신다고 정말 고생 많았습니다."

태석이의 진심 어린 말에 아빠가 고개를 돌려 태석을 바라보았다.

"큼큼. 알면 됐다."

"아빠, 일하신다고 정말 힘드셨죠? 제가 아빠의 마음을 몰라줘서 정말 미안해요."

아빠는 그저 마른기침만 할 뿐이었다.

"가족을 위해 일하다 건강까지 해치시고."

태석이 눈가에 눈물이 맺혔다.

"아빠, 감사함을 담아 따뜻한 차 한 잔 제가 대접할게요."

"…, 그래. 조금만 따라다오."

성공이다. 태석은 얼른 '마음을 여는 커피 원두'를 컵에 따랐다. 태석 아버지는 조용히 커피 한 모금을 마셨다. 꽁꽁 얼

얼어붙었던 마음이 조금 녹아내렸다.

"음, 이거 먹고 일하면 일이 더 잘 되겠는데?"

태석 아버지는 단숨에 '마음을 여는 커피 원두'를 마셨다.

"한 잔 더 없니?"

"이, 있어요."

태석은 아빠에게 '마음을 여는 커피 원두'을 얼른 따랐다. 태석 아버지는 커피를 한꺼번에 마셨다.

"이 커피 몇 잔 마시면 야근은 거뜬하겠어."

"저, 아빠."

"응?"

한층 온화해진 목소리로 태석의 아버지가 대답했다.

"아빠는 왜 그렇게 일에만 몰두하셨어요?"

"당연히 너를 위해서지."

"네?"

의외의 대답에 태석은 고개를 갸웃했다.

"저를 위해서 한 번도 뭔가를 함께한 적이 없잖아요."

"난 너의 인생을 위해 내 인생 전체를 바쳤다."

"그게 무슨?"

∗

40여 년 전, 태석 아버지 영후는 자주 침대 밑에 숨어 있어야만 했다. 영후의 아버지 그러니까 태석이의 할아버지가 술을 먹고 들어오는 날은 아예 방문을 잠그고 자는 척을 하는 게 나았다. 태석이 할아버지는 돈을 벌어오기는커녕 태석이 할머니가 벌어오는 돈 마저 모두 도박에 가져다 부었다.

"여편네야, 돈 내놔."

"더는 안 돼요. 이건 우리 영후 소풍 때 줘야 해요."

"뭐? 소풍? 이런 씨."

태석 할아버지는 태석 할머니를 사정없이 폭행했다. 그때마다, 영후는 책상 밑에 숨어 몸을 떨 수밖에 없었다. 사랑하는 엄마를 지켜주지 못했다는 죄책감에 항상 시달려야 했다.

"엄마, 미안해."

아버지가 나가고 나서야 영후는 어머니 품에 안겨 울었다.

"네가 왜 미안해. 엄마가 미안하지."

어머니는 늘 영후를 품에 안고 토닥여주었다. 자신의 몸에 든 멍보다 자식의 마음에 든 멍이 우선인 어머니였다. 어머니가 있을 때는 그래도 영후의 마음은 어머니 덕분에 많이 멍들지 않았다. 아버지는 일을 나가지 않으니 도박장 갈 때 빼고는 계속 집에 있었다. 보통은 소주를 마시며 널브러져 티브이를 보는 게 일상이었다. 그러다 어머니에게 돈을 빼앗아 도박을 하러 다녔다. 그 모습을 보고 영후는 마음이 아팠다. 자신이 돈을 많이 벌어 어머니를 호강시켜 주고 싶었다. 저런 식으로 집에 함께 있는 것은 화목한 게 아니라고 생각했다. 어른이 되면 자신의 몸이 부스러지더라도 아랑곳하지 않고 일해 모은 돈으로 어머니를 행복하게 만들어주고 싶었다. 그래서 영후는 밤낮으로 공부하고 일하기 시작했다. 오로지 어머니를 행복하게 해주고 싶다는 일념으로. 코피를 쏟아도 온몸에 골병이 들어도 상관없었다. 일을 열심히 해 돈을 많이 벌어 어머니를 이 지옥에서 벗어나게 하고 싶었다.

영후는 어린 나이에 일을 시작하여 한 기업체에 취직했다. 그 후, 영후의 도움으로 어머니는 아버지와 이혼하게 되었다. 회사에서 첫 월급을 받은 날, 드디어 엄마를 기쁘게 해줄 수 있을 것 같았다.

"어머니!"

영후는 첫 월급을 들고 방문을 벌컥 열었다. 영후 어머니는 이불 위에 누워있었다.

"어머니! 저 처음으로 월급 나왔어요. 이걸로 맛있는 것도 사 먹고, 좋은 옷도 사드릴게요."

영후 어머니는 잠에 빠졌는지 듣지 못했다.

"저, 어머니. 잠깐 일어나 보세요."

영후가 어머니의 몸을 흔들었다. 어머니는 힘없이 흔들

렸다.

"어머니? 어머니!"

영후 어머니는 아들의 첫 월급도 보지 못하고 눈을 감았다. 오랫동안 스트레스에 시달리던 어머니의 멘탈에 결국 금이 가는 바람에 어머니도 더는 견디지 못하고 '마음을 무너뜨리는 마음 폭탄 몬스터'에게 잡아먹힌 것이다.

그 후부터 영후는 자신과 어머니의 불행이 모두 돈 때문이라는 생각을 했다.

"내가 좀 더 일찍 돈을 벌었으면 어머니는 행복했을 거야."

그동안 마음의 멍을 따뜻하게 감싸주던 어머니가 없으니, 영후의 마음은 점점 더 차가워졌다.

마음에 차가운 칼바람이 부는 영후는 오로지 일만 했다. 회사에서는 엄청나게 빠른 속도로 승진했고 회사에서도 알아주는 인재가 되었다. 회사의 신입사원이었던 태석의 어머니와 잠깐의 실수로 태석을 가지게 되었고 영후는 책임감으로 결혼하게 되었다. 하지만 결혼 후 영후는 또다시 일만 했다. 태석이 태어나고 나서부터는 영후는 집에 거의 들어오지 않으면서까지 오로지 일만 했다. 몇 년 후, 대기업의 CEO가 된 영후는 돈이 많이 있었지만 멈추지 않았다. 자신이 돈을 벌어야만 가족들이 행복해진다고 믿었기 때문이다. 영후의 머릿속엔 오로지 '돈 = 가족의 행복'이란 공식이 오롯이

새겨져있었다. 쓸데없는 일에 시간을 보내다가 또 가족들에게 행복을 주지 못할까봐 겁이 났다. 그저 묵묵히 일하며 번 돈을 모두 가족에게 쏟아 부었다. 그 돈으로 가족들이 행복해진다면 자신의 몸은 닳아 없어져도 상관없었다. 영후는 생각했다. 자신이 번 돈으로 사랑하는 아들은 더 좋은 집에 살 수 있다. 자신이 번 돈으로 사랑하는 아들은 더 좋은 옷을 입을 수 있다. 자신이 번 돈으로 사랑하는 아들은 더 맛있는 음식을 먹을 수 있다. 자신이 번 돈으로 친척들도 도와주고 취직시켜주면 이들이 영후에게 잘해주겠지 하고 생각했다. 영후는 그런 방식으로 아들에게 자신의 사랑을 표현했다. 어머니는 돈을 많이 벌기 전에 돌아가시는 바람에 사랑을 표현하지 못했다. 하지만 아들에게는 그러고 싶지 않았다. 그래서 계속 돈을 추구하면서 아들이 부족하지 않은 삶을 살게 하는 게 자신이 아들에게 줄 수 있는 최고의 사랑이라고 생각했다. 그게 바로 영후가 아들을 사랑하는 방식이었다.

*

아버지의 속마음을 알게 된 태석은 좁은 침대 위에 앉아 아빠를 끌어안으며 펑펑 눈물을 쏟았다.
"아빠가 저를 사랑하지 않는 게 아니었네요."

"난 너를 사랑해서 일을 한 거야."

"아빠, 이제부터는 일은 조금 내려놓으시고 제발 저와 시간을 같이 보내요. 목욕탕도 같이 가서 서로 등도 밀어주고요. 제가 참여하는 행사에도 좀 와주세요. 돈보다 아빠와 함께 시간을 보내고 싶어요. 돈이 많아도 함께하는 추억이 없다면 그게 다 무슨 소용이에요?"

"그래도 내 돈으로 온 가족이 행복해졌잖아."

"난 불행해요."

"뭐?"

"아빠와 함께 하는 시간이 없어 불행하다고요."

자식이 행복하길 바라면서 돈만 벌었는데 그런 자식이 불행하다고 하다니. 영후는 마음이 미어졌다. 하지만 괜히 멋쩍어 말을 돌렸다.

"안 그래도 엄마가 말하더구나. 간 이식에 적합한 사람을 찾았다고."

"그 사람이 누군지 아세요?"

"말해주지 않더구나."

"네?"

태석은 어이가 없었다.

"저예요."

"뭐?"

"저라고요. 아빠 간 이식해 줄 사람."

태석이의 친척들은 태석이가 아빠에게 간을 주는 것을 강압적으로 진행했고 그 사실을 태석이 아빠는 모르게 하기 위해 큰아빠가 병원장으로 있는 병원으로 가서 검사를 진행했다. 그 바람에 태석 아버지는 자신에게 간 이식이 가능한 사람이 자기 아들인지 몰랐다.

"그건 안 된다."

"네?"

"넌 앞날이 창창한 아이야. 늙은 아비 목숨 때문에 아들 간을 가져갈 순 없다."

"제가 원해요."

"그래도 안 돼. 가거라."

태석은 리아에게 '마음을 녹이는 핫팩'을 달라고 신호를 보냈다. 리아는 얼른 '마음을 녹이는 핫팩'을 태석에게 건넸다. 태석은 핫팩을 아버지의 마음에 온 마음을 다해 가져다 댔다. 환한 빛이 나며 아빠의 언 마음이 사르르 녹았다.

"제가 아빠에게 간 이식을 못 해줘서 아빠가 잘 못 되기라도 한다면 전 평생 죄책감에서 살아갈 거예요. 그걸 원하시는 건가요?"

"…."

"우리 가족 모두는 아빠가 필요해요. 그리고 제가 원해요.

아빠 살리는 거."

"태석아…."

"그 대신 제 간 받고 나면 그때부터는 저와 함께 시간 많이 보내야 해요."

"태석아…, 우리 아들. 우선 좀 더 다른 공여자를 기다려보고 그래도 안 되면 다시 생각해 보자."

영후는 처음으로 아들을 따뜻한 마음으로 꼭 안아줄 수 있었다. 처음 안긴 아빠의 품은 포근하고 따스했다.

"아빠 또 올게요."

태석은 리아와 함께 병실에서 나왔다.

"리아야, 고맙다. 모두 네 덕이야."

"감동적인 영화 한 편을 본 것 같아서 내가 더 고마워."

"근데 설마 아직도 오드리 선생님 보건실에 계신 건 아니겠지?"

"밤 아홉 시까지는 계시던데?"

"헐, 정말?"

리아와 태석은 다시 보건실로 갔다. 오드리는 오징어 다리를 질겅질겅 씹고 있었다.

"오드리 선생님, 그러다 턱 나가요."

리아의 말에 오드리 선생님이 씩 웃었다.

"맛있으면 0 칼로리듯이, 맛있으면 턱 안 나가."

태석이 웃으며 오드리 선생님의 농담에 웃으며 말했다.
"오드리 선생님 덕분에 제 무겁던 마음이 많이 가벼워졌어요. 진심으로 아빠를 도와야겠다는 생각이 들어서 그랬나 봐요."
"정말 어깨에 짊어지고 있던 그 많은 짐들을 다 내려놓았구나. 잘 됐다."
며칠 후, 다른 공여자를 찾지 못한 아버지는 태석의 간을 이식하고 수술을 잘 마쳤고 수술도 성공적이었다. 평소 건강했던 태석은 몇 개월 후 간이 정상 크기에 가깝게 재생이 되었고 잘 회복되어 일상생활에 전혀 지장이 없었다. 태석 아버지도 회복한 후, 일로 복귀했지만 이전처럼 일만 하는 것은 아니고 서서히 태석이와 함께하는 시간을 가지려고 노력하고 있었다. 점점 좋아지는 아버지의 태도에 태석이의 마음의 짐도 점점 가벼워져 갔다.
오랜만에 태석이 보건실로 왔다.
"감사 인사드리려고요."
오드리가 환하게 웃으며 태석의 어깨를 두드리며 물었다.
"그래, 몸도 회복하고 아빠도 살리고. 정말 잘했다. 이제 마음을 편하게 가지고 네가 좋아하는 걸 하며 살면 되겠네. 아, 태석아, 넌 꿈이 뭐야?"
"제 꿈은 가수에요."

"어머나, 정말? 세상에 잘 됐다. 너 우리 아이돌 그룹 동아리에 들어와라! 다크 마인드 몬스터를 몰아낼 노래를 만드는 아이돌 그룹이야. 네가 노래를 잘 부르니까 아이돌 그룹의 메인 보컬을 맡게 해줄게."

"네? 아, 생각해 볼 게요."

"뭘 생각해 봐. 그냥 들어와."

"그럼. 한번 해 볼게요."

"오예, 이제 두 명이니까 아이돌 그룹 없어질 일은 없겠다. 리아야, 네가 짠 안무 좀 보여줄래?"

"아, 부끄러운데."

"무슨 소리야. 우리는 이제 완전 한 팀인데."

리아는 머뭇거리다가 자신이 짠 안무를 보여줬다.

"와, 잘한다."

태석이 손뼉을 쳤다.

"너도 춰야 하는 거 알지?"

"네? 전 노래만 부르면 되는 거 아니에요?"

"아, 그렇지. 그래도 간주 나올 땐, 조금씩 안무 맞춰줘야 할 거 아니야."

"저 아이돌 그룹 탈퇴할게요."

"너 은혜를 이런 식으로 갚냐?"

"하, 나 진짜 몸치라고요."

"조금씩 하다 보면 늘어."

태석이 춤추는 리아를 흘긋 바라보았다. 리아의 뺨이 붉게 달아올랐다.

'다크 마인드 몬스터 사냥' 회의

 몇 달 후, 다시 모인 리아, 태석, 오드리! 오드리가 진지한 표정으로 말했다.
 "이번 주말에 우리 집에서 모이자. 할 말이 있어."
 일요일 저녁, 오드리 집에 리아와 태석이 모였다. 오드리 집은 정말 몽환적이었다. 뱅글뱅글 혼자 돌아가는 물레와 오로라 빛 액체가 부글부글 끓어 넘치는 플라스크가 눈에 띄었다. 그밖에 돌아가는 오르골과 많은 스노볼, 그리고 오래된 골동품들이 집을 꾸미고 있었다. 희귀한 식물들을 기르는 작은 정원이 있었고 신비한 물고기를 키우는 연못, 그리고 신기한 새와 달팽이, 두꺼비도 키우는 뒤뜰이 있었다. 그리고 아주 오래된 우물도 마당 한가운데 있었다. 다락방엔 작은 연구실도 있었는데 거기엔 할머니 연구 노트가 펼쳐져 있었다.

"대박. 이게 다 뭐예요?"

"그냥, 내가 연구하는 거야."

"뭘 연구하는데요?"

"마음."

"신기해요."

"리아, 너에게도 엄청난 능력이 있어. 그리고 태석에게도."

오드리의 말에 리아뿐만 아니라 태석도 놀랐다.

"저에게도요?"

"난 태석이의 능력을 첫눈에는 못 알아봤어. 그런데 계속 보며 느낄 수 있었지. 너의 마음 근육이 정말 단단하다는 걸."

"마음 근육이요?"

"응. 다른 사람들은 마음 근육이 아주 부족한데 넌 마음 근육이 엄청 튼튼해. 그래서 난 그동안 우리 학교의 다른 아이들도 많이 조사해 보았어. 그리고 결론을 냈지. 우리 학교에 나와 리아와 태석이 이렇게 세 명이 다른 사람의 마음을 볼 능력이 있고, 또 마음을 치유할 능력이 있다는 걸."

태석이 고개를 갸웃거렸다.

"전 다른 사람의 마음을 못 보는데요?"

"가능성이 있어."

"가능성이요?"

"응. 나랑 오드리는 선천적으로 다른 사람의 마음을 볼 수 있고 태석이 넌 후천적으로 다른 사람의 마음을 보는 게 가능할 수도 있을 것 같아."

"그게 가능해요?"

"내가 요즘 마음을 연구 중인데 가능할 것 같아."

"어떻게요?"

"일단 마음에 대해 내가 설명해 줄게. 영화 본다고 생각하고 여기 편하게 앉아봐."

오드리는 직접 구운 '마음을 달콤하게 만드는 쿠키'를 건넸다.

"이거 먹으면서 편하게 들어."

쿠키 위에는 산타클로스 모양의 커다란 마시멜로가 얹혀있었고 쿠키에는 초코칩이 콕콕 박혀있었다.

"저 선생님 그런데 전 정말 안 좋은 환경에서 태어났잖아요. 부모님에게도 버림받고 보육원에 봉사하러 온 친언니처럼 따르던 언니에게도 버림받고, 양부모님에게도 파양되고. 그런데 제 멘탈은 왜 강한 거죠?"

리아가 쿠키를 우물거리며 물었다.

"그건 이렇게 생각해 보자. 포도나무가 비옥한 토양에서 자라면 좋을까? 아니면 척박한 토양에서 자라면 좋을까?"

"당연히 환경이 좋은 비옥한 땅에서 자라면 좋겠죠?"

"아니야. 포도나무가 비옥한 토양에서 자라면 베짱이처럼 게을러져."

"네?"

"주위에서 다 해주니까 줄기와 잎이 무성해지지. 그럼 좋은 것 같지만 아까 말했듯이 포도나무가 게을러져서 종족 번식 기능을 잊어버려. 그래서 포도알의 양분이 적어지고 당분도 떨어지지. 그런데 척박한 땅 그러니까 버려진 모래 등에서 힘들게 견디며 자랄 때 더 단단해진단다. 열악한 땅에서 미네랄 등을 찾아 뿌리가 깊숙이 뻗어나가서 열매를 달콤하고 영양가 있게 맺는단다. 리아, 너도 그래. 너도 태어날 때부터 척박한 환경에 처해서 뿌리를 더 깊게 뻗고 그 결과로 멘탈이 더 단단해진 거야. 물론 힘든 환경에서 유리 멘탈이 되거나 깨지는 사람도 있어. 하지만 너는 그걸 이겨내면서 더 단단한 멘탈이 된 거야. 비 온 뒤에 땅이 굳어진다는 말도 있잖아."

"아…."

"그것보다 더 중요한 건 너랑 나는 이미 선천적으로 타고났어."

"신기하네요. 그런데 왜 마음은 어두울까요?"

"멘탈은 강해서 다른 사람의 마음을 치유하는 건 도와줄 수 있지만 자신의 마음은 어찌지 못하는 거야."

태석은 리아를 따뜻하게 바라보았다. 그런 태석이를 내려다보며 오드리가 말을 이었다.

"그리고 태석이 너도 마음의 짐이 많을 땐 유리 멘탈에 가까웠지만 마음의 짐을 덜어내고 나니까 다시 강철 멘탈이 됐어. 마음 조절만 잘하면 너도 다른 사람의 마음을 치유할 수 있다는 뜻이지."

"오. 너무 흥미로워요."

"어찌 됐든 우리 세 명은 멘탈이 탄탄해서 마음 조절 훈련만 잘하면 다른 사람의 마음도 치유하는 도구도 만들 수 있고, 그 도구로 인해 '다크 마인드 몬스터'를 물리칠 수도 있어."

"마음 조절 훈련은 뭐고, '다크 마인드 몬스터'는 뭐죠?"

태석이 눈빛을 반짝이며 물었다.

"일단 마음 조절 훈련부터 설명해 줄게. 다른 사람들의 마음을 비추려면 마음이 잔잔해야 해. 호수에 바람이 안 불면 잔잔하지? 그때 모든 게 다 비친단다. 푸르른 숲도 파란 하늘도 날갯짓하며 나는 철새들도 모두 호수에 비치지. 그런데 만약 바람이 불고 비가 와서 호수가 일렁거리면? 다른 것들이 잘 안 비치거나 일그러져 다르게 비치지. 마음도 마찬가지야. 네 마음이 잔잔해야 자신의 마음도 다른 사람의 마음도 나아가 세상도 비출 수 있다는 이야기야."

"마음을 잔잔하게 해야 한다는 이야기네요?"

"그렇지. 그리고 요즘 외로운 아이들이 너무 많아. 외로움은 하루에 담배 15개비씩 피우는 것만큼 해롭단다. 세계보건기구가 '외로움'을 심각한 세계 보건 위협으로 규정하고 전담 국제위원회까지 출범시켰다고 하더라고. 이런 외로움들, 상처, 분노, 슬픔 등이 모이고 모이면 '다크 마인드 몬스터'가 더 나타나기 쉬워."

태석이 못 참겠다는 듯 몸을 흔들며 물었다.

"도대체 다크 마인드 몬스터가 뭔데요?"

"지금 우리나라 고등학생들은 사춘기, 수능 등이 겹쳐서 대부분 유리 멘탈을 가지고 있어. 만약 그 유리 멘탈에 금이 가게 되면 유리 멘탈은 깨지게 되지. 만약 유리 멘탈이 산산조각이 났을 때, 바로 이어 붙어주지 못하고 한 조각이라도 잃어버리게 되면 큰일 나. 왜냐하면 잃어버린 유리 멘탈 조각들이 서로 모여 인간의 마음을 잡아먹는 다크 마인드 몬스터가 되어 버리거든."

"무서운데요?"

"우리 학교에 다크 마인드 몬스터의 기운이 느껴져."

'다크 마인드 몬스터 사냥' 회의

"헉. 그럼 어떻게 해요?"

"그래서 우리 세 명이 힘을 합쳐야 해."

리아는 기분이 좋았다. 첫사랑이자 짝사랑인 태석과 함께 힘을 합치다니. 두근거렸다.

"어떻게 힘을 합쳐요?"

호기심 가득한 눈으로 태석이 계속 물었다.

"나와 리아가 상대방의 마음을 볼 수 있잖아. 만약 다른 사람의 마음에 형체가 있다면 내 마음도 형체가 있을 거라고 생각되었어. 마음에 형체가 있다면 그건 우리가 만질 수도 있고 바꿀 수도 있어. 무엇으로? 강철 멘털로 기인한 강한 마음 에너지로 남의 마음을 치유하는 물건을 만들 수 있어. 나는 그걸 터득해서 여러 가지 물건을 만들었고 활용하고 있어. 하지만 혼자의 힘으로는 버거웠어. 그래서 너희들이 좀 도와주었으면 좋겠어."

리아와 태석이 동시에 입을 맞춰 말했다.

"도와드릴게요."

그때, 리아가 태석의 볼을 잡아당기며 외쳤다.

"찌찌뽕!"

태석이 볼을 잡힌 채 외쳤다.

"땡."

그러자 리아가 태석의 볼을 풀어주었다. 그 모습을 본 오드리가 흐뭇하게 웃으며 말했다.

"둘이 많이 친해졌네?"

터석은 리아를 뚫어지게 바라보며 대답했다.

"그런가?"

리아는 그저 말없이 웃기만 했다.

"큼큼, 다시 본론으로 돌아와서, 나는 마음을 치유하는 도구와 다크 마인드 몬스터를 물리치는 도구를 조금씩 만들어 놓았어. 너희들도 몇 가지 봤을 거야. '마음을 여는 커피 원두', '마음 샘플 채취하는 핀셋', '얼어붙은 마음을 녹이는 핫팩' 같은 것들 말이야. 하지만 이걸로는 아이들의 마음을 치유하고 다크 마인드 몬스터를 잡는 데 턱 없이 부족해."

리아가 눈을 반짝거리며 물었다.

"그런 물건들은 도대체 어떻게 만드는 거예요?"

"온 마음을 다해서 만들어야 해. 아까도 말했듯이 우린 형체를 가진 엄청나게 강력한 마음 에너지를 가지고 있어. 그 에너지를 물건에 주입하면서 내 마음대로 그 물건의 역할을 정하면 되는 거야."

"오, 저도 해보고 싶어요."

리아가 발을 동동 굴렀다.

"너희들이 나보다 훨씬 마음이 열려있고 창의력도 좋으니까 여러 가지 신비한 도구들을 많이 만들 수 있을 거야. 하지만 명심해야 할 게 있어."

"뭔데요?"

"마음대로 만들되 온 마음의 정성을 다해 만들어야 해."

"온 마음을 다하는 건 어떤 건데요?"

"보름달이 뜨는 날 온 마음과 온 정신을 다해 집중해서 자신이 만들고 싶은 물건에 자신의 마음 에너지를 주입하면 된단다."

"보름달이 뜨는 날이요?"

"응, 예로부터 보름달을 보고 조상들이 온 마음을 다해 소원을 빌었잖아. 그래서 보름달에 마음의 힘이 충만해. 그래서 보름달이 뜰 때 마음을 치유하는 물건을 만드는 게 제일 좋아. 그러니까 앞으로 자주 모여서 어떤 물건을 만들지 의논하자. 한 명의 마음보다 여러 명의 마음이 모이면 효험이 더 좋을 테니까."

"좋아요."

리아와 태석이 이번에도 똑같이 대답했다. 이번엔 태석이 리아의 볼을 잡고 외쳤다.

"찌찌뽕."

"땡!"

태석이 리아의 볼을 놓아주며 씩 웃었다. 그 웃음에 리아의 마음이 스르르 녹아내렸다. 그 모습을 본 오드리가 소리

없이 웃었다.

"바로 시작하자. 오늘 보름달이 아주 밝게 떴으니까."

몇 분 후, 보름달 아래, 태석, 리아는 머리를 맞대고 나름대로 물건을 생각해보았다. 하지만 아무 생각이 나지 않았다.

"하, 무슨 생각이 나야 물건을 만들죠."

태석이가 머뭇거리며 말했다.

"맛있는 걸 먹으면 생각이 날지도. 헤헤."

리아의 말에 오드리가 땅콩버터 샌드위치를 만들어주었다. 샌드위치를 크게 한 입 베어 물고 우물거리던 리아가 갑자기 벌떡 일어나 말했다.

"'구름 위를 걷는 기분이 드는 신발'을 만들고 싶어요."

"그거 좋다."

태석이는 그 후에도 한참을 곰곰히 생각하다 이불을 만지작거렸다. 리아가 슬쩍 다가와 물었다.

"뭘 만들려고?"

"마음을 따뜻하게 덮어줄 뭔가를 만들고 싶어."

"오, 멋지다."

오드리가 리아와 태석에게 진지하게 말했다.

"그런데 이렇게 마음을 치유하는 물건을 잘 만들어도 잘 실행되는지 테스트를 해 봐야 해."

"누구한테요?"

"당연히 마음이 힘든 사람들에게지. 마음이 힘든 사람이 한꺼번에 모인 장소가 있으려나?"

그때, 리아가 손뼉을 쳤다.

"거기 있잖아요. 예리 언니 남친 승혁이 오빠가 있는 봉사 동아리요."

"오, 그러네. 우리 거기 모두 가입하자."

"네? 갑자기요?"

"그래. 거기 가입해서 봉사를 하면서 마음이 아픈 사람들에게 이 물건을 써 보자."

그렇게 갑작스럽게 그들은 대학생 자원 봉사 동아리에 가입하게 되었다. 원래는 대학생만 가입이 됐다. 하지만 동아리 회장인 승혁이 덕분에 수월하게 가입했다.

며칠 후, 그들은 봉사를 하러 가게 되었다. 이른 새벽 어느 학교 운동장에 모여 봉사 동아리에서 빌린 버스를 탔다. 승혁이 버스 안에서 안내서를 나눠주었다. 안내서에는 어느 고아원으로 자원봉사를 가는지, 몇 시간 봉사를 하는지 등이 적혀 있었다.

덜컹덜컹. 얼마나 시간이 흘렀을까? 버스에서 내린 리아가 오드리 옆에서 호들갑을 떨었다.

"저 이런 데 처음 가 봐요."

오드리가 리아, 태석, 승혁이를 불러 모아 말했다.

"아이들에게 마음 치유 도구도 써 보지만, 아이들 꿈도 찾아주게 그 앞에서 공연도 열어주는 건 어떨까?"

"오, 좋은데요?"

모두 오드리의 의견에 동의했다.

골목길을 따라 가자 작은 문이 보였다. 그 문으로 들어가자 고아원이 나왔다.

오드리와 리아, 태석이는 깜짝 놀랐다. 대부분 아이의 마음이 어둡고 텅 비어 있었으니까.

아이들 주위를 작은 다크 마인드 몬스터들이 득실거리고 있었다.

"자, 가자!"

오드리, 리아, 태석이는 마음이 어둡고 텅 빈 아이들의 마음에 태석이 만든 '마음을 덮는 이불'을 덮어주었다. 이불이 작고 얇았지만 다크 마인드 몬스터가 몸집이 작은 탓에 아이들은 금세 환하게 웃으며 마음이 정화되었다. 그리고 아이들에게 리아가 만든 '구름 위를 걷는 기분이 드는 신발'을 신겨 주었다. 아이들은 폴짝폴짝 뛰며 좋아했다. 그러자 몸집은 작았지만 우글거리던 다크 마인드 몬스터들도 모두 도망갔다.

"이렇게 봉사를 하니 마음이 너무 행복해요."

리아의 말에 오드리가 말했다.

"그걸 마더테레사 효과라고 한단다."

리아가 고개를 갸웃거리며 랩을 하듯 읊조렸다.

"마.더.테.러.요?"

"아니, 마더테레사 효과."

"그게 뭔데요?"

"남을 돕는 활동을 하면 몸의 면역기능이 크게 향상되는 걸 말해. 기분도 덩달아 좋아지겠지. 슈바이처 효과라기도 하지."

"와, 어쩐지, 남을 돕는데 왜 이렇게 행복한가 했네요. 자주 남을 도와주어야겠어요."

그때, 태석이가 주머니에 손을 넣고 뭔가를 만지작거렸다. 리아가 다가가 물었다.

"너 주머니에 맛있는 거 숨겨 놨지?"

"그게 아니라 요즘에 다크 마인드 몬스터를 물리치는 도구를 하나 연구하는데 잘 안 풀려."

"어떤 도구인데?"

"씨앗."

"씨앗?"

"응. 작지만 엄청난 힘을 가진 물건을 생각 중이야."

"그 작은 씨앗으로 어떻게 몬스터를 물리친단 말이지?"

"그건 나중에 보면 알아."

며칠 후, 방과 후 보건실에서 오드리가 손뼉을 치며 말했다.

"참, 두 달 후에 전국 아이돌 그룹 대회가 있더라. 거기서 일등 하면 그 노래로 앨범도 만들어 주고 무대도 서게 해준데."

"아, 진짜요?"

"그래. 우리 이왕이면 자작곡으로 노래 만드는 게 어때?"

"아, 좋은 방법이긴 한데 전 노래만 잘 부르지, 노래를 직접 만들어 본 적은 없어서요."

태석의 말에 리아도 대꾸했다.

"저도 춤을 잘 추기는 하는데 일기도 제대로 써 본 적이 없어요."

"흠, 그럼 좀 더 생각해 보자. 근데 어째 아무도 오디션에 참가하러 안 오냐?"

리아가 머뭇거리며 말했다.

"우리 이미지가 그렇게 좋지는 않은 것 같아요."

"그게 무슨 말이야?"

"애들이 하는 말 언뜻 들었는데 보건쌤이 좀 특이한 것 같다고 하더라고요. 하하하."

리아가 멋쩍게 웃었다.

"흠, 그런 이미지면 안 되는데."

오드리가 심각한 표정을 지었다.

"일단 우리부터라도 열심히 노래 연습하고, 춤 연습을 하자."

그 후부터, 오드리, 리아, 태석은 자주 모여 보름달 아래에서 마음을 치유하는 도구와 다크 마인드 몬스터를 잡을 무기를 만들기 시작했다. 그리고 태석은 노래 학원에 다니고, 리아는 댄스 학원에 다녔다.

콩밭에 간 마음

보건실에 다녀온 아이들의 마음이 치유된다는 소문이 돌자 한 아주머니가 보건실을 찾아왔다.

"안녕하세요. 보건 선생님. 저는 며칠 전 이 학교에 전학을 온 고1 강청풍의 어머니 임자란입니다."

"안녕하세요. 어머님. 반갑습니다."

"이곳에서 사람의 마음을 잘 고친다는 분이 있다는 말을 제 친구의 친구의 친구에게 듣고 왔어요."

"아, 그렇군요."

"네."

"혹시 어떤 일을 상담하시러 온 건지 알 수 있을까요?"

"우리 청풍이 마음이 콩밭에 가 있어서요."

"콩밭에요?"

"네, 우리 집안은 대대로 글을 쓰던 집안이거든요. 그런데 세상에 우리 청풍이가 랩을 하겠다는 거예요. 그러니까 마음이 콩밭에 가 있는 거죠. 안 그래요?"

"아…."

"선생님이 우리 아이 좀 불러서 마음 좀 제자리에 갖다 놓아주세요. 어릴 땐, 글을 곧잘 썼었는데. 에휴."

아주머니는 가방에서 폰을 꺼내 선생님 얼굴에 갖다 댔다.

"이것 보세요."

아주머니는 사진첩에 저장된 상장 사진을 쓱쓱 넘겼다.

"이때 청풍이 열 살 때부터 열세 살까지 백일장에서 글짓기 상을 싹쓸이했어요. 그런데 열네 살 때부터 점점 말을 안 듣더라고요. 사춘기가 온 건지. 사춘기 지나가면 다시 마음 잡겠지 했는데 열일곱 살이 되니 오히려 래퍼가 되겠다고 저러는 거예요. 내가 속에 천불이 나겠어요? 안 나겠어요?"

"어…."

"그러니까 선생님이 꼭 우리 아들 불러서 마음 좀 다잡아주세요."

"일단 대화는 해 볼게요."

"대화만 하면 안 되고, 콩밭에 간 마음을 제자리에 놓아달라고요."

"하하. 네. 일단 불러서 이야기를."

"하, 말귀 못 알아 잡수시네. 우리 아들 마음 제자리에 두면 제가 크게 보상할게요."

"아닙니다. 제가 좋아서 하는 일인데요. 뭘."

"그렇게 아시고 잘 부탁드립니다."

아주머니가 명품 가방을 다시 어깨에 메고 고개를 까딱하고 보건실 밖으로 나갔다.

수업이 끝나고 리아와 태석이 보건실로 내려왔다.

"혹시 강청풍이라고 새로 전학을 온 학생 아니?"

"네. 우리 반에 새로 전학을 왔어요."

리아와 태석이 거의 동시에 대답했다.

"아, 진짜?"

"수업 마치고 교무실 내려가던데 데려올까요?"

"응."

태석이 자리에서 일어나 보건실 밖으로 나갔다. 리아가 오드리 옆에 의자를 바짝 끌어당기며 물었다.

"강청풍 무슨 일 있어요?"

"어머니가 찾아와서 콩밭에 간 자기 아들 마음 좀 찾아달라고 하더라고."

"네?"

그때, 태석이 청풍을 데리고 왔다.

"안녕하세요?"

"어?"

오드리가 청풍을 보고 입을 떡 벌렸다. 청풍도 강철 멘탈을 가지고 있었기 때문이다.

"오, 너 이리 앉아 봐."

"왜요?"

"너도 보이지?"

"뭐가요?"

"우리 마음."

청풍이가 화들짝 놀라며 물었다.

"어? 어떻게 알았어요?"

"우리 세 명도 다른 사람 마음이 보여."

"와, 대박. 진짜 처음이에요. 나 아닌 다른 사람들이 사람의 마음을 보는 거 말이예요."

"그래, 다른 사람 마음을 보는 사람이 많지는 않으니까. 참, 너희 어머니가 보건실에 찾아오셨어."

"왜요?"

청풍이 어이없는 표정으로 물었다.

"네 마음이 콩밭에 가 있는 것 같다고 걱정하시더라고. 그런데 내가 본 너의 마음은 콩밭에 가 있지 않아. 너는 마음의 텃밭을 잘 가꾸고 있어."

"하, 우리 엄마 욕심이 장난이 아니거든요."

"그래, 넌 우리보다 너희 어머니의 마음을 속속들이 잘 알 거 아니야?"

"우리 엄마의 마음은 미련으로 가득 차 있어요."

"음, 그렇다면 네가 아니라 네 어머니의 마음을 치유해 줘야 해."

"어떻게요?"

"일단 너희 어머니를 다시 불러와 줄래? 너랑 같이?"

"네. 알겠어요."

"참, 너 우리 아이돌 그룹에 들어올래?"

"아이돌 그룹요?"

"응. 우리 아이돌 그룹에는 노래하는 태석이, 춤추는 리아가 있어. 네가 들어와서 랩을 하고 노래를 직접 만들면 정말 딱 맞는데 말이야."

"오, 저 그런 거 잘해요."

"대박. 잘 됐다."

며칠 후, 청풍이가 보건실 문을 활짝 열고 들어오며 소리쳤다.

"선생님!"

"왜? 무슨 일이야?"

오드리가 벌떡 일어났다. 옆에 와 있던 리아와 태석도 덩달아 놀랐다.

"제가 오늘 무슨 소식을 가져왔게요?"

"무슨 소식인데?"

"짜잔."

청풍이는 뭔가가 적힌 종이를 내밀었다.

- Mico

"이게 뭐야?"

"이건 바로 우리 아이돌 그룹 이름이에요."

"미코?"

"미코 미코 미~ 미코 미코 미~ 이런 느낌?"

태석이가 언짢은 표정으로 말했다.

"미스코리아 약자냐?"

"아니지. 그럴 리가."

"그럼?"

"Mind controller~."

청풍은 그룹 이름을 랩 하듯이 딱딱 끊어 리듬감 있게 말했다.

"오. 괜찮은데?"

그렇게 오드리 마인드 컨트롤러라는 이름하에 멤버가 3명이 되었다. 그 후, 오드리, 리아, 태석이가 모여 보름달 아래에서 온 마음을 다해 청풍이 어머니의 마음을 치유해 주는 물건을 연구하고 만들어 냈다. 오드리는 태석, 청풍이에게도 '다크 마인드 몬스터 관찰 안경'을 선물로 주었다. 아이들은 모두 그 안경을 끼고 생활을 하기 시작했다. 그리고 수시로 아이돌 그룹 활동 연습을 했다.

청풍이는 오드리, 리아, 태석이가 마음에 대한 말을 하면 그걸 가사로 적어 내려갔다.

나는 먼지 쌓인 맘이야~
누구든 후~ 불어주세요~
먼지가 훨훨 날아가면
당신과의 추억을 쌓아볼게요

깜깜한 어둠이 날 삼켜도
당신 품에선 나 견딜 수 있어

당신과의 추억이 깃들면은
내 영혼도 당신에게 깃들 거야

Rap)

Mom, Mom, Mom, Mom
Mom이 시키는 대로 말고
내 맘대로 할 거야~

내 맘이 시키는 대로~
내 몸이 시키는 대로~

자유롭게~ 훨! 훨!
날아오를 거야~ 훨! 훨!

 며칠 후, 청풍이 어머니가 다시 보건실을 찾았다. 리아, 태석이가 예의 바르게 인사를 했다. 하지만 청풍이는 리아 뒤에 숨어 엄마를 못 본 척했다.
 "쯧쯧, 보건실에 꿀 발라 놨니? 왜 여기 있어?"
 스르륵.
 소름 끼치게 차가운 기운이 느껴지더니 문틈으로 검은 형체가 쏟아져 들어왔다. 다크 마인드 몬스터였다.
 다크 마인드 몬스터가 청풍이 어머니 주위에 어슬렁거렸다. 다크 마인드 몬스터를 처음 보고 놀란 청풍이가 리아 뒤에 바짝 붙어 몸을 떨었다.
 "저, 저게 뭐야?"

"아, 떨어져. 진짜."

리아가 청풍이를 밀었다. 뒤로 밀린 청풍이가 이번엔 태석이 뒤에 숨었다.

"저것 좀 치워줘."

"네가 직접 치워봐."

태석이가 시큰둥하게 말했다. 청풍이는 엄마를 살리겠다는 일념으로 이를 악물고 엄마 곁에 다가왔다.

휙휙.

손바닥을 휘저으며 파리를 내쫓는 시늉을 했다.

"너 뭐하냐?"

청풍이 엄마가 청풍이를 한심한 눈으로 쳐다보았다.

"아니, 여기 뭐가 있어서."

"애가 왜 이래? 뭐가 있다고 그러는 거야?"

청풍이 엄마가 주위를 둘러보며 혀를 찼다.

"너 또 장난치지?"

"그게 아니라."

아무리 다크 마인드 몬스터를 손으로 내쫓아도 소용이 없자 다시 리아 뒤에 숨었다.

청풍이 엄마가 새침하게 물었다.

"우리 아들 잘 설득했어요?"

"저, 어머님. 아드님은 자신이 좋아하는 것을 찾아 꿈을 향해 잘 나아가고 있는걸요."

"뭐라고요? 뭐 이런 선생이 다 있어?"

청풍이 엄마는 씩씩거리며 보건실 문을 박차고 나갔다.

오드리는 고개를 좌우로 저으며 의자에 앉았다. 청풍이가 오드리에게 우물쭈물하며 말했다.

"죄송해요."

"아니야. 괜찮아."

끼익.

보건실 문이 열렸다.

"실례합니다."

모두 고개를 돌려 소리가 나는 쪽을 바라보았다. 교장 선생님이었다.

"교장 선생님, 안녕하세요."

오드리가 인사를 하고 나머지 아이들도 함께 인사를 했다.

"안녕 못 합니다."

"네?"

"오늘 학부모 민원이 들어왔습니다."

"무슨 민원이요?"

"보건 선생님이 자기 아들 마음 하나 치료 못 한다고요."

리아와 태석이가 청풍이를 힐끗 바라보았다. 청풍이가 뒷머리를 북북 긁으며 중얼거렸다.

"하, 진짜 우리 엄마."

교장 선생님이 헛기침 몇 번을 하더니 말했다.

"그리고 아이돌인지 뭔지 그 동아리도 없애겠습니다."

"네?"

오드리가 화들짝 놀랐다.

"아이들을 제대로 치료도 못 한다는 민원까지 들어온 상태인데 무슨 동아리 운영을 한다고 합니까. 그리고 동아리원이 몇 명입니까?"

"세, 세 명이요."

"저 아이들입니까?"

"네."

"세 명뿐인 동아리는 운영이 어렵습니다. 더는 이 동아리에는 예산을 지원하지 않겠습니다."

"교장 선생님."

리아가 교장 선생님 앞에 한발 다가갔다.

"교장 선생님, 두 달 후에 전국 아이돌 동아리 경연 대회가 있어요. 그 대회에서 수상을 못 하면 그때, 동아리를 없애는 건 어떨까요?"

"뭐?"

"만약 우리가 수상을 한다면 우리 학교의 이미지도 좋아지고 교장 선생님의 평판도 오르지 않을까요?"

"큼큼."

교장 선생님이 마른기침하다 말을 이었다.

"좋습니다. 2달 후, 반드시 수상을 해야만 합니다."

"네. 알겠습니다."

교장 선생님은 보건실을 한 번 훑어보고 고개를 절레절레 흔들며 밖으로 나갔다.

그때, 또 한 명이 보건실 안으로 들어왔다. 청풍이 엄마였다.

"자, 다시 한번 묻죠. 우리 아들 마음 제대로 돌려놓으실 거죠?"

"어머님, 아드님이랑 여기 잠깐 앉으세요. 차 한 잔 드릴게요."

오드리는 청풍의 어머니를 위해 '마음을 여는 커피 원두'를 내렸다.

"한 잔 드세요."

청풍이 어머니는 머그잔을 들고 커피 향을 맡고 말했다.

"커피 향이 좋네요."

커피를 한 모금 마시고 입맛을 다셨다.

"부드럽게 잘 넘어가고요."

마음이 조금 열렸는지 꼿꼿하던 자세가 조금 흐트러졌다. 그때를 잘 포착한 오드리가 말문을 열었다.

"어머님, 우리 청풍이는 마음을 곱게 잘 가꾸었더라고요."
"그렇죠. 우리 아들 참 말을 잘 들었는데. 요즘은 엄마 말을 귓등으로도 안 들어요. 마음이 콩밭에 가서는. 에휴."
청풍의 어머니가 깊은 한숨을 내쉬었다.
"그런데 언제부터인가 자기주장이 너무 강해졌어요. 마음만 자기주장이 강해진 게 아니라 이 뱃살도 자기주장이 강해졌다니까요."
청풍이 어머니가 농담을 내뱉었다.
"아이, 원래 사람의 인품은 뱃살이라잖아."
청풍이가 볼록 나온 배를 문질렀다.
"그건 그렇고 요즘 넌 왜 그렇게 내 말을 안 듣니?"
"엄마 말을 안 듣는 게 아니라 내 인생을 사는 거야."
"엄마가 나를 위해서 그러는 거니? 다 너 잘되라고 그러는 거야."
"에휴."
이번엔 청풍이 깊은 한숨을 내쉬었다.
오드리가 그 모습을 지켜보다 청풍의 어머니에게 물었다.
"저 어머니 혹시 아들이 좋아하는 걸 하게 하면 안 되나요?"
"뭐라고요?"
"우리 아들은 분명 글 쓰는 걸 좋아했어요. 그때도 보셨잖아요. 상도 많이 탄 거."

그러자 청풍이 버럭 소리를 질렀다.

"그야 엄마가 그런 내 모습을 좋아하니까 나도 그걸 좋아한 척한 거야. 엄마한테 사랑받고 싶어서."

"뭐? 그런 게 말이 되니?"

그때, 오드리가 청풍이 말을 거들었다.

"어머님, 그런 걸 '거울 자아 이론'이라고 합니다. 이 이론은 주변 사람들이 나를 바라보는 시선에 따라서 그에 맞는 행동을 하려고 하는 경향인데요. 청풍이가 어머님의 기대에 부응하기 위해 억지로 글을 쓴 것 같습니다. 그리고 글을 쓰는 거랑 작곡이나 랩을 적는 것은 다른 것이 아니에요."

"하, 나 참."

청풍이가 엄마의 눈을 똑바로 응시하며 말했다.

"그런데 지금은 아니야. 내가 아무리 엄마의 마음에 들려고 글을 써도 엄마의 욕심은 끝이 없었어. 그리고 제일 중요한 건 난 랩이 더 좋아. 난 래퍼가 될 거라고."

"이것 봐요. 무슨 바람이 들었는지 얘가 이런다니까요. 마음이 콩밭에 가서는. 쯧쯧."

오드리가 다시 말을 이었다.

"어머니 아까도 말씀드렸지만 우리 청풍이는 자신만의 마음 텃밭을 잘 키우고 있어요. 그 텃밭에서 꿈의 새싹도 파릇 파릇 잘 돋아났고요. 그런데 어머니가 자꾸 나쁜 씨를 뿌리시면 소중한 아드님 마음 텃밭에도 영향이 갈 수 있어요. 나쁜 씨가 텃밭에서 싹터서 또 아드님의 꿈을 짓밟으면 어떨 것 같아요?"

"내 말귀를 못 알아들으니 속이 타네요. 속이 타."

청풍이 어머니는 '마음을 여는 커피 원두'를 한꺼번에 다 마셨다.

"하, 마시니 좀 낫네."

청풍이 어머니는 자신의 예전 이야기를 꺼내기 시작했다.

삼십여 년 전, 청풍이 어머니의 아버지 즉 청풍의 할아버지는 글을 쓰는 것을 좋아했다. 그래서 딸인 청풍의 어머니에게도 글을 가르쳤다. 하지만 워낙 가난한 탓에 생계를 위한 일을 선택할 수밖에 없었고, 일용직 노동도 마다하지 않고 일을 했다. 하지만 절대 꿈을 버리지 않고 틈만 나면 글을 쓰고 신춘문예에도 보냈다.

딸 바보였던 할아버지는 청풍의 어머니를 끔찍이 사랑했고 퇴근할 때는 호떡이나 붕어빵을 사 오곤 했다. 그런데 딱 하루 깜빡하고 간식을 사 오지 않았다.

"아빠, 나 붕어빵!"

"아차, 미안하다. 아빠가 깜빡했구나."

청풍이 할아버지는 피곤한 몸을 이끌고 다시 밖으로 나갔다. 할아버지는 집 건너편에서 파는 붕어빵을 사기 위해 길을 건넜다.

빵빵-

할아버지는 음주 운전을 하던 사람에게 교통사고를 당했다.

장례를 치르고 죄책감과 슬픔에 집에서 계속 울기만 하던 어느 겨울, 전화기로 연락이 왔다. 아버지 방에 있던 청풍의 엄마가 전화를 받았다.

"안녕하세요. 대한 일보입니다."

"네?"

"혹시 안창수씨 되십니까?"

"제가 딸인데요."

"축하합니다. 대한 일보 신춘문예 소설 부문 당선되셨습니다."

"아…. 아, 아빠."

청풍의 어머니는 아버지를 추억하며 눈물을 펑펑 흘렸다. 청풍의 어머니는 아버지의 서랍과 책상을 뒤적거려 아버지가 평생 써온 소설을 찾아내기 시작했다. 그리고 거기서 미리 쓴 신춘문예 수상 소감을 발견했다.

- 내 평생 소설을 찬양하며 살아왔다. 그런데 소설을 쓰면 쓸수록 소설은 내 몸에 스며들었고 결국 내가 되었다. 나와 함께 동고동락하는 소설이 나에게서 그치지 않고 사랑하는 내 딸의 삶에도 스며들기를 더 나아가 내 딸의 아이들에게까지 뿌리 내리기를 간절히 소망하는 바이다.

이 소감문은 청풍의 어머니에게는 청풍의 할아버지가 남기지 못한 유언이나 마찬가지였다. 청풍의 어머니는 그 후 아버지 대신 시상식에 올라가 아버지의 소감문을 읽었고 대리 수상을 진행했다. 그 후, 그녀는 굳게 다짐했다. 아버지의 못다 이룬 꿈을 내가 대신 이루리라고. 하지만 세상은 그렇게 녹록하지 않았다.

청풍의 할아버지가 돌아가신 후, 청풍의 할머니가 뇌졸중으로 쓰러지셨다. 아픈 어머니를 돌보랴 생활비를 벌랴 너무 힘든 시간이 지나갔다. 제대로 된 일자리를 구하지 못해 아르바이트직을 여기저기 전전했다. 하루는 동네에서 가장 큰 디대 국밥집에서 국밥을 나르고 있었다.

"맛있게 드세요."

"어이."

국밥을 놓은 테이블서 한 아저씨가 그녀를 올려다보았다.

"네?"

"몇 살?"

"스무 살…."

"어? 아저씨한테 반말하는 거야?"

"죄송합니다. 스무 살입니다."

"그래? 예쁘네?"

"네? 아, 감사합니다."

"감사하면 옆에 앉아."

"네?"

청풍의 엄마는 피할 사이도 없이 아저씨가 낚아챈 손에 이끌려 옆자리에 앉았다.

"저, 일해야 하는데요."

"잠깐만 앉아 있어."

아저씨는 청풍의 엄마에게 술을 권했다.

"저 술 못 마시는데요."

"어허. 한 잔 그냥 마셔. 어른이 주는데."

그녀가 거절하자 아저씨는 억지로 술잔을 그녀 입에 밀어 넣었다.

"읍."

그러다 아저씨는 다짜고짜 그녀를 끌어안고 입을 맞추려고 했다. 마침 그때, 대대 국밥집 대표가 국밥집으로 들어왔다. 대대 국밥집 앞치마를 입은 여학생이 손님 옆에서 입

맞춤을 당하려는 모습을 보고 대표는 발끈했다.

"손님, 지금 뭐 하시는 겁니까."

대표가 들어오자 대대 국밥집 사장이 뒤늦게 뛰어나왔다.

"대표님 오셨습니까."

"식당 관리 안 합니까?"

대표의 한마디에 사장과 식당 직원들이 일사불란하게 움직이며 손님을 끌어냈다. 대표는 그녀를 챙겨 사무실로 데리고 왔다.

"괜찮아요?"

"네."

그게 인연이 되어 대표는 그녀의 어머니 병원비도 내주고 대학 등록금도 내주었다. 그리고 결혼까지 하게 됐다.

경제적으로 풍족해지기는 했지만 그녀는 생각했다. 자신은 영혼이 더럽혀졌다고. 나쁜 아저씨에게 희롱당하고 사랑하지도 않은 사람의 돈을 보고 결혼한 나쁜 여자라고. 그렇게 영혼이 더럽혀진 인간은 글을 쓸 자격이 없다고. 여러 가지 죄책감과 우울감에 시달렸지만 한결 같은 남편의 사랑 덕분에 조금씩 회복하고 청풍이까지 낳았지만 청풍이를 보자 또다시 아버지에 대한 죄책감이 몰려왔다.

"청풍아, 너 글짓기 대회 한번 나가 볼래? 엄마가 책도 많이 사주고 선생님도 붙여줄게."

아버지가 이루지 못하고 자신이 이루지 못한 꿈은 자연스럽게 아들에게 넘어갔다.

청풍이는 처음에 재미 삼아 글을 썼다. 글을 쓰면 엄마가 좋아하니까. 그뿐이었다. 엄마에게 사랑받고 싶어서, 칭찬받고 싶어서 곧 잘 글을 썼고 할아버지의 피 때문일까. 글에 재능도 있었다. 그래서일까? 대회에 나가는 족족 상을 탔다.

"청풍아, 정말 잘했다."

평소 무뚝뚝하던 엄마는 글짓기상만 받아오면 청풍이를 꼭 끌어 안아주었다. 상을 타오는 날은 좋은 곳에 가서 외식도 했다. 청풍이는 그저 엄마의 품이 그리웠다. 그래서 날마다 글을 썼다. 하지만 엄마는 거기에 만족하지 못했다.

"청풍아, 우리 최연소 신춘문예 등단해 보자."

"엄마, 난 그냥 자유롭게 쓰고 싶어."

"아니야, 할아버지의 꿈도 이루고 엄마 꿈도 이루고 네 꿈도 이루고 얼마나 좋으냐?"

청풍의 엄마는 청풍이에게 자꾸만 꿈을 강요했다. 점점 지쳐가던 청풍이가 자신의 꿈인 랩을 시작하자 엄마는 마음에 미련이 점점 쌓여갔다.

그리고 지금 청풍이 엄마와 청풍이가 함께 보건실에 앉아

이야기를 나누고 있는 것이다.

"이야기를 하고 나니 속이 좀 시원하네요."
청풍이 엄마가 빈 머그잔을 내밀었다.
"혹시 한 잔 더 주실 수 있나요?"
"그럼요."
그녀는 '마음을 여는 커피 원두'를 한 모금 더 마셨다. 그 사이 오드리는 오드리, 리아, 태석이가 직접 만든 '마음의 미련을 털어내는 먼지떨이'를 가져왔다.
"엄마."
"왜?"
"엄마 옷에 먼지 엄청 많이 묻었어."
청풍이는 엄마의 마음에 쌓인 미련을 탈탈 털어냈다. 엄마 몸에 붙어 있던 다크 마인드 몬스터가 이를 드러내며 으르렁댔다.
"으아아악!"
청풍이는 기겁하며 리아를 몬스터 쪽으로 밀며 외쳤다.
"나보다 애가 더 맛있어!"
리아가 몬스터 쪽으로 밀려갔다가 겨우 몬스터 바로 앞에 우뚝 멈춰 섰다. 휙 고개를 돌려 청풍이를 쏘아보았다. 그 사이 태석이가 와서 '마음의 미련을 털어내는 먼지떨이'로 다크 마인드 몬스터를 강하게 털어냈다. 스르륵 몬스터가 열린 창문 틈으로 도망을 갔다.

다크 마인드 몬스터가 떨어져 나가서일까? 청풍이 엄마는 커피를 다 마시고 중얼거렸다.

"그래, 우리 다시 한번 시간을 두고 얘기해보자. 이런 것도 괜찮을 것 같아. 일단 래퍼를 해."

"진짜?"

청풍이가 엄마의 두 팔을 부드럽게 잡았다.

"대신 래퍼하면서 느낀 점을 에세이로 내는 건 어때?"

"음, 그건 저도 생각해 볼 게요."

"그래, 서로 더 생각해 보자."

그때, 오드리가 조심스럽게 물었다.

"혹시 어머님은 꿈이 뭐예요?"

"나도 소설가였죠. 하지만 어릴 땐, 너무 가난해서 소설 쓰는 건 사치였고, 커서는 식당에 온 아저씨 때문에 영혼이 더 럽혀졌어요. 나중에 결혼도 돈 보고 했기 때문에 마음이 불순해졌지요. 그런 썩은 마음으로 소설을 쓰는 건 소설에 대한 예의가 아니라고 생각해요."

"저, 어머님. 외람된 말씀이지만 한마디 해도 될까요?"

"네, 하세요."

"청풍이 할아버님의 죽음은 어머님 때문이 아닙니다. 그리고 그 혹독한 시간을 잘 버텨내고 귀한 아이까지 낳아주신 어머니는 누구보다 마음이 맑습니다. 당신은 잘 견뎌내 주었어요. 잘하셨어요."

"전 나쁜 사람이에요."

오드리는 리아가 만들어 낸 '마음의 죄책감을 지우는 지우개'를 가져와 청풍이에게 속삭였다.

"네가 조심스레 이 지우개로 어머니의 죄책감을 지워드려."

청풍이는 헛기침 하며 어머니의 죄책감을 지우개로 쓱싹쓱싹 지웠다. 고개를 떨구고 울던 어머니가 몸을 일으켜 오드리를 보며 물었다.

"정말 제가 잘 견뎌온 거 맞을까요? 저도 다시 소설을 쓸 수 있을까요?"

"그럼요. 정말 잘 견뎌오셨고 다시 꿈을 향해 충분히 나아가실 수 있어요."

오드리가 아버지가 된 마음으로 청풍이 엄마를 토닥여 줬다.

"감사합니다. 제 꿈과 제 아들의 꿈을 찾게 됐어요."

청풍이가 엄마에게 다가와 쑥스러운 표정으로 말했다.

"저도 틈틈이 글 쓰는 거 도와드릴게요."

청풍이 엄마는 청풍이를 끌어안고 말했다.

"그래, 고맙다. 그리고 이제까지 할아버지와 엄마의 꿈을 강요하게 해서 미안해."

청풍이 엄마와 청풍이는 서로 부둥켜안고 오래도록 울었다.

몇 달 후, 청풍이 엄마가 소설책 몇 권을 들고 보건실로 찾아왔다.

"아버지가 쓴 소설과 제가 새로 쓴 소설을 묶어 투고했는데 서랍의 날씨라는 한 출판사에서 계약하자고 하더라고요. 기념으로 가제본 나온 거 드려요. 정식으로 나오면 다시 찾아올게요."

그렇게 청풍이 엄마는 죄책감과 미련을 털어내고 자신의 꿈을 찾아갔다.

며칠 후, 오드리가 전국 고교 아이돌 그룹 대회 출전 서류를 작성하며 말했다.

"며칠 안 남았으니까 오늘은 좀 늦게까지 연습하자."

"좋아요."

태석은 청풍이 직접 적은 가사를 들고 노래를 불렀다.

"뭐야? 아직도 안 외움?"

"쏘리, 오늘까지 다 외울게."

리아는 본인이 만든 안무를 태석과 청풍에게 차례로 알려주었다. 오드리도 슬쩍슬쩍 리아의 댄스를 따라 하며 리아의 댄스에도 '공감을 불러일으키는 손짓'을 넣어주었다.

부글부글 끓는 마음

 리아와 태석, 그리고 청풍이는 교실로 들어갔다. 리아는 자리에 앉아 설아를 바라보았다. 반에서 유일하게 친했던 설아가 언제부터인가 리아를 피했다. 리아는 왜 그런지 너무 궁금했지만, 항상 화가 나 있는 설아에게 쉽게 다가갈 수 없었다. 리아는 설아의 마음을 힐끗 바라보았다. 설아의 마음이 부글부글 끓고 있었다. 그때, 태석과 청풍이 다가왔다.
"뭐하냐?"
"그냥."
"우리 수업 끝나면 떡볶이?"
 태석의 말에 리아와 청풍이가 싱긋 웃으며 대답했다.

"콜."

"콜."

그 모습을 설아가 뚫어지게 바라보았다. 청풍이 태석에게 얼굴을 들이밀고 속닥거렸다.

"야, 설아 쟤 리아 얼굴 너무 뚫어지게 쳐다보는 거 아니냐? 리아 얼굴 뚫리겠다."

"그러게. 마음은 부글부글 끓고 있는데? 혹시 리아에게 뭐 화난 게 있나?"

청풍이가 리아에게 속삭였다.

"혹시 너 쟤한테 잘 못 한 거 있어?"

"잘 모르겠어. 없는 거 같은데."

"왜 저러냐? 사람 기분 나쁘게."

"아, 놔둬."

그때, 선생님이 반으로 들어왔고, 아이들이 흩어졌지만, 설아의 시선은 흩어지지 않고 여전히 리아에게 쏠려 있었다.

"안 되겠다. 쉬는 시간에 물어봐야겠다."

리아는 쉬는 시간만을 기다렸다가 종이 치자마자 설아에게로 갔다. 하지만 설아는 씩씩거리며 복도로 나갔다. 리아는 설아를 따라 복도로 나갔다.

"설아야."

"왜?"

"혹시 나한테 화 난 거 있어?"

"보면 몰라?"

"보면 몰라? 하, 황당해서. 일단 수업 끝나고 남아."

"어? 어. 알았어."

수업 시간 내내 집중이 되지 않았다. 수업이 끝나고 태석과 청풍이가 찾아왔지만 먼저 보건실에서 기다리라고 하고 설아를 기다렸다. 아이들이 교실에서 빠져나가자, 설아가 성큼성큼 다가왔다. 리아가 설아를 올려다보자, 설아는 팔짱을 낀 채 리아를 내려다보고 있었다.

"야, 리아."

"어?"

"내 입으로 네 잘못을 이야기 해줘야 알아?"

"응. 진짜 모르겠어. 미안."

"하. 정말 자존심 상해서."

설아는 입술을 깨물고 한참 씩씩거리다 말했다.

"딱 오 분 줄게. 내가 옆에 앉아 있을 테니까. 조용히 생각해 봐. 만약 생각 안 나면 나 그냥 집에 갈 거야."

리아는 곰곰 생각에 빠졌다. 설아와의 첫 만남부터 쭉 생각을 이어가 보았다. 그러니까 설아를 이 교실에서 만났다. 설아는 마음이 통통 튀는 아이였다. 그래서 부모님이 없고 파양까지 된 데다 보육원에 살고 있는 리아를 차별 없이 바라브아 주었다. 게다가 리아의 아픔을 이해해 주었다.

"난 사실 부모님이 아주 미웠다가도 궁금해. 도대체 왜 나를 버렸을까? 어떤 사연이 있을까? 그리고 날 그렇게 끔찍하게 귀여워해 주던 봉사자는 왜 발길을 딱 끊었을까? 게다가 날 입양해 준 양부모님도 미웠다가 궁금해. 그리고 또 보고 싶어. 날 파양하기 직전까진 나에게 엄청나게 잘해 줬거든. 그리고 날 기억하기는 할까?"

"기억하고 있지 않을까?"

"그렇겠지?"

"응."

"날 어떻게 기억할까?"

"음, 보고 싶을 수도 있겠다."

"정말 그럴까?"

"응. 한 번 찾아보는 건 어때?"

"그런 생각도 여러 번 했는데. 조금 두려워."

"왜?"

"혹시 날 잊어버렸거나 아니면 날 싫어하면 어떻게? 더 상처받을 것 같아."

그렇게 리아는 설아에게 아픔을 나누었다.

"설아야, 네 새엄마는 좀 어때?"

"별로야."

"왜?"

"아빠 앞에서 잘 보이려고 거짓 웃음을 지을 때 진짜 미치겠다니까."

"헐, 정말?"

"응."

"네 앞에서는?"

"아빠 없을 때는 완전 쌀쌀맞지."

"왜 그런데? 아빠한테 이르지."

"아빠한테 이르면 아빠가 너도 이제 다 컸으니까 엄마의 입장에서 생각해보고 이해를 해보라고만 하셔."

"헐."

"새엄마랑 아빠만 날 괴롭히는 게 아니야. 또 있어. 징그러운 놈 둘."

"누구?"

"새엄마가 데리고 온 아들이랑 딸. 진짜 싫어. 여자애는 한 번씩 내 옷 입고 나가는데 정말 쥐어박고 싶고 남자애는 거의 깡패야, 깡패."

"깡패?"

"사람 패고 다니는 것 같아. 진짜 꼴도 보기 싫어."

"그냥 네 엄마한테 가."

"엄마는 미국으로 건너가서 미국 사람하고 사귀고 있어."

"아…."

정말 이러지도 저러지도 못하고 새엄마랑 함께 살아야 하는 상황이었다. 아빠, 엄마가 다 살아있어도 부모님 역할을 전혀 하지 못하고 있었다. 설아는 아무렇지도 않게 말했지만 사실 속이 너무 답답했다. 하지만 리아에게 털어놓으면 속이 조금은 후련해졌다. 설아는 자신의 이야기를 잘 들어주는 리아가 고마워서 한 가지 제안을 했다.

"리아, 너 그러지 말고 친 부모님하고 그 보육원 봉사자랑 양 부모님 한 번 찾아봐."

"왜?"

"혹시 모르잖아. 그분들이 널 기다릴 수도 있잖아. 아니면 이번엔 네가 그분들 다시 버리면 되고."

"나도 사실 궁금하긴 해. 친엄마도 궁금하고, 보육원에 봉사하러 와서 나만 전담적으로 세 살부터 일곱 살까지 친언니처럼 돌보아 주었던 언니도 궁금하고 양부모님도 궁금해. 근데 제일 신기한 건 뭔지 알아? 이 중에서 친언니처럼 돌봐준 언니가 제일 보고 싶은 거 있지. 아마 애착 기간에 그 언니랑 붙어 있어서 그런가 봐. 그 언니가 내 한글도 가르쳐주고 숫자도 가르쳐주고 숟가락 잡는 법 이런 거 다 알려줬거든."

"그럼 내가 도와줄게."

"어떻게?"

"내가 누구냐? 인플루언서 아니냐?"

그랬다. 설아는 별스타그램 5만, 너튜브 15만의 인기 인플루언서였다. 설아는 몸매도 좋고 옷을 잘 입어서 패션 인플루언서로 일하고 있었다. 그 정도의 파급력과 영향력이라면 리아의 친부모와 양부모를 찾는 건 식은 죽 먹기일 거란 생각이 들었다.

"좋아, 그럼 네가 좀 도와줘."

리아는 설아에게 부모님들을 찾는 걸 의뢰했다. 설아는 자신의 SNS에 리아의 어렸을 때의 사진을 올리고 친부모님과 양부모님을 찾는다는 글을 올렸다. 그 게시물은 순식간에 인기 게시물이 되었고 화제가 되었다. 하지만 그뿐이었다. 그 게시글은 다시 묻혔다.

"내가 다시 올려 볼게."

"아니야. 그거 조회수 30만 넘었잖아. 그런데도 아무런 제보가 없으면 됐어."

몇 주후, 설아가 헐레벌떡 뛰어왔다.

"디엠으로 제보가 왔어."

"뭐라고?"

"네 아빠, 엄마 안다고."

"그래서?"

"정보를 달라고 했어."

"그러니까?"

"잠깐 기다려 달래. 같이 기다려 보자."

리아와 설아가 두근거리는 마음으로 답장을 기다렸다.

-지잉

메시지를 열어보니 이렇게 적혀있었다.

-넝담~

"이런 미친."

설아가 펄쩍 뛰었다.

"아, 괜찮아. 늘 이런 사람 어디든 있잖아."

"그래, 똥 밟은 거야."

그 후에도 몇 번 제보가 들어왔지만 모두 쓸데없는 제보였다. 그렇게 그 게시글은 설아와 리아에게서도 잊히는 듯했다.

설아와 리아는 서로가 서로에게 의지했다. 설아는 매일 순간을 매일 견디는 수준이었지만 리아에게 털어놓는 방식으로 속상함을 집어삼켰다. 하지만 언제부턴가 리아는 설아보다 태석과 자주 보건실로 내려갔다. 그러더니 점점 자신과 붙어 다니는 시간이 줄었다. 자연스레 자신의 마음을 털어놓을 시간도 줄어들었다. 몇 번 리아에게 무슨 일이 생긴 거냐고 묻고 싶었지만 리아는 설아를 남겨두고 보건실에 간다고 바빴다.

이 생각까지 미치자 리아가 무릎을 '탁' 치며 일어났다.

"이유 알아냈어."

"뭔데?"

설아가 팔짱을 끼고 리아를 쳐다보았다.

"내가 너랑 있는 시간이 줄어들어서. 그래서 네가 나에게 하소연을 못 해서."

"잘 아네."

"미안해. 그럴 일이 좀 있었어."

"나보다 더 중요한 일이야?"

"아무튼 엄청 복잡한 일들이었어. 미안해. 이제부턴 네 말 다시 잘 들어줄게."

"쳇. 또 숨기네."

"알았어. 이야기해 줄게. 사실 나 전국 고교 아이돌 그룹 경연 대회 나가."

"진짜? 오, 대박."

"부끄러워서 말 못 한 거야. 나 따위가 아이돌이라니."

"네가 왜? 난 네가 우리 반에서 제일 예쁘다고 생각해."

"아, 뭔 소리야."

"진짜야."

"아, 진짜. 근데 우리 오늘 떡볶이 먹으러 가는데 같이 갈래?"

"됐거든?"

설아가 새초롬하게 대답했다.

"아, 너희 가족들은 좀 어때?"

"똑같지."

"새엄마 딸 아직도 네 옷 입어?"

"옷만 입게? 화장품도 몰래 다 써."

"새엄마 아들은?"

"몰라, 집에도 잘 안 들어와."

"오히려 다행이네."

"그러게."

"새엄마는?"

"늘 똑같지. 나에게 관심 없고 자기 아들, 딸만 신경 쓰고."

"아들한테 신경 쓰는데 왜 집에 안 들어오냐?"

"크크. 맞네."

"저, 설아야."

리아가 조심스레 설아를 불렀다.

"나 너희 집 가도 돼?"

"그래, 근데 우리 새엄마 완전 까칠하다."

"그러니까 가는 거야"

"뭐?"

"아, 일단 가보면 알아."

수업을 마치고 리아는 설아를 따라 집으로 갔다.

"근데 왜 우리 집에 오는데?"

"내가 너 친한 친구니까?"

"이유가 그게 다야?"

"아, 있어 보라고."

몇 분 후, 설아 집에 도착한 그들은 문을 열고 들어갔다. 티브이 소리가 흘러나왔다.

"저, 친구 데려왔어요."

"너 친구도 있었냐?"

리아는 새엄마를 유심히 보다 흠칫 놀랐다. 다크 마인드 몬스터가 새엄마의 몸을 칭칭 감고 있었다.

"헐."

새엄마가 리아를 힐긋 쳐다보았다.

"왜 그렇게 놀라냐?"

"그, 그게 아니라, 너무 아름다우셔서요."

"참나. 당연한 이야기를 어렵게도 한다. 조용히 방 안에 들어가서 놀아."

그때, 누군가 현관문을 거칠게 열었다.

"엄마! 새 신발 뭐야?"

새엄마 딸이었다.

"뭐야? 하나 더 달고 왔네?"

새엄마 딸이 리아를 아래, 위로 훑고는 쌩하니 부엌으로 가 냉장고를 열었다.

"일단 너희 방으로 들어가자."

리아의 말에 설아가 자기 방을 열고 들어갔다. 뒤따라 들어온 리아가 문을 조심스레 닫았다.

"오늘 둘 다 처리하자."

"뭘 처리해?"

리아가 가방을 뒤적거렸다.

"짜잔."

리아는 잠이 솔솔 오는 '로즈마리'를 꺼냈다.

"이게 뭐야?"

"이 로즈마리로 두 사람을 재울 거야."

"뭐? 로즈마리로?"

"응. 이건 일반 로즈마리가 아니야. 조금 더 마음의 힘을 넣은 로즈마리지. 그래서 사람들을 금방 재울 수 있어. 하지만 아직 시험 단계라 오 분 정도밖에 못 재워."

"마, 말도 안 돼."

리아는 손바닥에 로즈마리를 몇 잎 올렸다. 방문을 빼꼼 열고 손바닥만 내놓고 '후' 불었다. 그리고 바로 문을 '탁' 닫았다.

"문 열어도 돼?"

설아가 문고리를 잡았다.

"안 돼. 일단 기다려. 저거 맡으면 너도 자게 돼."

몇 분 후, 리아가 방문을 열고 나갔다. 새엄마 딸이 거실 소파에 앉아 졸고 있었다.

"자, 지금이야."

리아가 가방을 뒤적여 '마음의 때를 미는 때수건'을 꺼냈다.

"드르릉 푸우."

리아는 코까지 골며 깊은 잠이 든 새엄마 딸 등 부위를 '마음의 때를 미는 때수건'으로 슬쩍 밀었다. 소파 위에 때가 뚝뚝 떨어져 나왔다. 다행이 새엄마 딸은 잠에서 깨지 않았다.

"휴, 성공이다."

하지만 새엄마는 거실에 없었다.

"어디 갔지?"

"방에 있나?"

끼익.

안방 문을 열자 새엄마가 벽에 기대 꾸벅꾸벅 졸고 있었다. 다크 마인드 몬스터가 새엄마의 몸을 뱀처럼 휘감고 있었다.

"헉. 저건 볼 때마다 징그럽네."

"뭐?"

"아, 아니야."

다크 마인드 몬스터를 피해 가며 '마음의 때를 미는 때수건'으로 새엄마의 등을 슬쩍 밀었다. 다크 마인드 몬스터가 뱀처럼 혀를 날름거리며 눈을 치켜떴다. 몸이 부르르 떨렸다.

그때, 새엄마가 몸을 뒤척거렸다.

"헙."

리아와 설아가 방문을 뛰쳐나왔다. 그사이 잠에서 깬 새엄마가 눈을 부라리며 말했다.

"아직 안 갔어?"

"아, 이, 이제 가려고요."

새엄마의 날카로운 말투에 리아가 서둘러 가방을 챙겼다.

"아함."

그때, 잠에서 깬 새엄마 딸이 다가왔다.

"엄마, 너무 그러지 마."

"뭐? 얘가 왜 이래? 뭘 잘못 먹었나."

새엄마는 화가 난 얼굴로 말했다.

"얼른 나가!"

리아가 현관문에서 속삭였다.

"미안, 새엄마는 다음에 다시 시도하자."

다음 날, 설아가 리아에게 전화가 왔다.

- 리아야, 진짜 대박이야.

- 뭐가?

- 새엄마 딸이 나한테 사과했어. 이제까지 못되게 군거 미안하다고.

- 진짜? 다행이다.

- 응, 고마워.

- 그때, 새엄마 마음의 때까지 밀어야 했는데.

- 다음에 꼭 밀어줘. 새엄마 딸은 완전히 괜찮아졌는데, 새엄마는 더 표독스러워졌어.

- 알았어. 약속할게.

다크 마인드 몬스터 재출현

아이돌 그룹 연습으로 한창 바쁜 리아, 태석, 청풍은 요즘 깊은 고민이 생겼다. 같은 반 무호와 염구가 호태라는 아이를 괴롭히기 때문이다.

"야, 호태 쟤, 중학교 때도 교실에서 오줌 쌌데."

"진짜?"

아이들에게 가짜 뉴스를 퍼뜨리는 것도 모자라 호태의 사진을 몰래 찍어 단체톡에 올리고 악플을 달았다.

- 호태의 뱃살 사진 투척
  ↳ 뱃살이 이 정도면 참치로 태어나지 그랬어?ㅋ

┗저 정도로 출렁이면 파도가 되지 그랬어?ㅎ

 무호와 염구가 호태의 사진을 가지고 악플을 달았다. 다른 아이들은 그야말로 방관자였다.
 리아, 태석, 청풍이 직접 막아보려 했지만 보건교사 오드리가 막았다.
 "우리는 마음을 치유하는 물건으로 아이들의 마음을 치료해야 해. 직접 나서다 보면 싸움에 휘말리기 쉽고 그러다 보면 우리가 장기적으로 아이들의 마음을 치유하기 어려워진단다. 그러니까 조용히 뒤에서 도와주어야 해."
 어쩔 수 없이 무호와 염구에게 마음을 치유하는 물건을 사용해야만 했다. 호시탐탐 때를 노리고 있는데, 큰일이 터졌다.

 무호, 염구는 중학교 때부터 자신들의 부탁을 들어주는 꼭두각시를 한 명씩 뽑았다. 뽑는 기준은 무던하고 착해야 하며 친구가 없고 조용해야 했다. 그리고 가장 중요한 기준은 뒤탈이 없어야 했다. 그렇게 되려면 집안이 좋으면 안 됐다.
 고등학교 때 무호, 염구, 호태가 같은 반이 되었고, 무호, 염구는 가장 무난해 보이는 호태와 영석이를 선택했다. 그리고 무호보다 약한 염구가 뒷조사에 들어갔다.

"무호야, 영석이는 안 되겠다."

"왜?"

"아빠 경찰, 엄마 공무원이다."

"호태는?"

"할머니랑 여동생이랑 셋이 산데."

그렇게 호태가 선택되었고 그들의 괴롭힘이 시작되었다. 빵을 먹고 싶어도 호태를, 다른 이의 돈이 탐나도 호태를, 담배를 사고 싶어도 호태를 이용했다. 만약 담배를 사거나 돈을 뺏다가 걸려도 혼나는 건 호태 몫이었다. 호태는 어쩔 수 없이 시키는 대로 하며 학교생활을 했다. 두려웠기 때문이다. 아빠에게 맞고 자라서 그런지 폭력에 대한 트라우마도 컸다. 아빠가 알코올 중독증으로 돌아가셨지만 호태의 트라우마는 그대로였다.

호태는 집에 가서 전혀 티를 내지 않았다. 아직도 식당에 나가 일을 하시는 할머니에게도 아직 열세 살인 어린 여동생에게도 좋은 손자, 좋은 오빠였다.

"할머니, 저 왔어요."

"왔니? 할머니가 오늘 맛있는 미역국 끓였다. 네 생일이잖아."

"감사합니다."

"오빠, 이거."

혜린이가 양손 가득 꽃을 들고 있었다.
"이게 뭐야?"
"오빠 생일이라고 해서 내가 꺾어 왔어."
"살아있는 꽃은 꺾으면 안 돼."
"미안해. 오빠한테 꽃다발 사주고 싶어서 그랬어."
"그래, 고마워. 그래도 다음부터는 살아있는 꽃은 꺾지 마."
"응. 오빠."
호태는 미역국 한 그릇과 밥 한 공기 그리고 혜린이가 준비한 꽃다발이 놓인 밥상에서 생일을 보냈다.
호태는 나름 단란한 가정에서 묵묵히 버티며 살아왔다.
그런데 오늘 일이 터졌다.
악한 일을 자주 하던 무호의 유리 멘탈은 날로 금이 가고 탁해졌고 마음도 찌들어갔다. 무호는 눈빛이 시뻘겋게 변했고 송곳니가 날카로워졌다. 그리고 염구에게 명령했다.
"호태 여동생 있지 않냐?"
"응. 초등학생."
"걔도 좀 괴롭힐까?"
"그건 좀 아니지 않냐?"
"호태가 하던 역할 이제 네가 하고 싶냐?"
"아니야. 미안해. 내가 어떻게 해줄까?"

"호태 동생 학교 찾아가서 호태 동생 찾아. 그리고 애들 앞에서 좀 괴롭혀주고 그거 영상 찍어서 나한테 보내."

"어, 아, 알겠어."

엳구는 하는 수 없이 호태 동생을 찾아내 괴롭히는 척을 하고 영상을 찍어 무호에게 보냈다. 무호는 만족하지 못하고 직접 호태의 집에 찾아갔다. 그날따라 허리가 아파 일을 나가지 못한 할머니가 꼼짝 없이 누워있었다.

"안녕하슈."

"누구세요?"

"호태 친구."

"아이구, 집까지 놀러 온 친구는 네가 처음이네. 그런데 호태가 지금 없는데 어쩌지?"

"괜찮아요. 호태 보러 온 거 아니니까."

"그럼?"

무호는 집안을 샅샅이 뒤졌다. 훔치는 거라기보다 분탕질하기 위해서였다. 집안의 물건들을 던지고 찢고 내동댕이쳤다. 허리가 아픈 할머니는 일어나지도 못하고 곡소리만 냈다. 그때, 호태 동생이 뛰어 들어왔다.

'할머니.'

할머니에게 달려가는 무호가 호태 동생의 발을 걸었다. 호태 동생이 바닥에 고꾸라져 코피가 났다. 할머니는 바닥에 기어가 코피가 나 주저앉아 우는 호태 동생을 끌어안았다. 무호는 아랑곳하지 않고 물건을 더 깨부수다 집으로 갔다. 그 사이 호태는 이 사실을 모르고 있었다. 왜냐하면 무호가 일부러 호태에게 잔심부름을 시켜놓았기 때문이다. 호태는 무호의 심부름을 다 끝내고 집으로 들어갔다.

"오빠."

옷이 피로 범벅이 된 동생이 호태의 목덜미를 끌어안고 엉엉 울었다. 할머니는 바닥에 누운 채 미동도 하지 않았다.

"할머니 왜 그래?"

"할머니가 안 움직여. 계속 잠 만 자."

평소 심장이 좋지 않았던 호태의 할머니는 무호가 벌인 일에 충격을 받았고 기절했다. 호태는 할머니를 둘러업고 응급실로 갔다.

"누가 이랬어?"

"몰라, 처음 보는 사람이었어."

그다음 날까지도 호태는 몰랐다. 할머니와 동생을 괴롭힌 게 누구인지. 하지만 그다음 날, 그러니까 오늘 호태는 알게 되었다. 무호가 직접 호태에게 말해주었으니까.

"야, 어제 너희 집 누가 그랬게?"

"너, 너야?"

"나 아니면 누구겠어?"

무호는 더 악랄해져 호태를 괴롭히기 시작했다. 리아가 태석과 청풍에게 다가가 속삭였다.

"야, 무호 저 녀석, 진짜 이상한데? 근데 주위에는 다크 마인드 몬스터가 없고. 뭐지? 일단 오드리 선생님에게 얘기해야겠어."

리아는 그 모습을 더 지켜볼 수가 없었다. 리아, 태석, 청풍이가 보건실로 가기 위해 복도로 나왔다. 그때, 설아가 뛰어나왔다.

"리아야."

"미안한데 나 지금 좀 바빠."

"드디어 찾았어."

"뭘?"

"김민선 씨라고 네 엄마를 아는 사람."

"또 쓸데없는 제보겠지."

"사진까지 보냈어. 혹시 이거 너 맞아?"

리아는 액정에 뜬 사진을 들여다보았다. 한 여자가 아이 손을 꼭 붙들고 있었다. 확실하다. 보육원에서 찍힌 어릴 때의 리아 사진이었다.

"이, 이거 보낸 사람이 누구야?"

"네 엄마랑 친한 동생이래."

"그래? 우리 엄마는 어디 있대?"

"그, 그게."

"왜? 솔직하게 말해줘."

태석이와 청풍이는 리아가 설아와 심각하게 얘기하는 걸 지켜보다 먼저 보건실로 달려갔다.

몇십 년 전, 리아 엄마는 고등학교 2학년 때, 차가운 회색 건물 화장실에서 리아를 낳았다. 리아의 엄마는 리아의 아빠를 정말 사랑했지만, 임신 사실을 알리자 연락을 딱 끊고 도망가 버렸다. 말 그대로 미혼모 신세가 된 것이었다. 혼자서는 아기를 키울 수 없었던 리아 엄마는 할 수 없이 아기를 데리고 집으로 갔다.

엄마에게 자초지종을 고백한 리아 엄마가 말했다.

"엄마, 나 어떻게 해야 해요?"

"어떡하긴 뭘 어떻게 해? 시설에 맡겨야지."

"엄마가 대신 좀 키워주면 안 돼?"

"우리 집 형편에 아이를 키울 수 없어. 차라리 아이를 위해서도 시설에 보내는 게 나을 수도 있어."

"그게 무슨 소리야?"

"아직 앞날이 창창한 내 딸 앞길 막는 건 그 누구도 가만두지 않을 거야. 그게 네 딸이라 할지라도."

"어, 엄마."

"아빠한테는 아예 말 안 할 테니까 그렇게 알아."
"이 아기 내가 키우고 싶어."
"이런 미친 것아. 네가 키우면 나중에 애 딸린 너랑 누가 결혼하겠니?"
"나 결혼 안 해도 되. 그냥 내가 키울래."
"넌 내 말만 들어. 괜히 까불지 말고. 너희 아빠 무서운 건 너도 알지? 아빠한테 말하면 넌 집에서 쫓겨나고 용돈도 끝이야."
"엄마 제발. 아기 키우게 해줘."
"네가 못 하면 내가 한다."
리아 할머니가 아기를 뺏으려고 했다. 리아 엄마는 뺏기지 않으려고 용을 썼지만 막 아기를 낳은 터라 말을 듣지 않았다.
"죽이진 않을게. 그러니 찾지 마. 만약 네가 쓸데없는 짓을 한다면 그땐 나도 어떻게 할지 모르겠다."
"싫어. 내가 죽더라도 이 아기는 지킬 거야."
리아 엄마가 강하게 나오자 리아 할머니가 한발 물러섰다.
며칠 후, 리아 할머니가 고개를 절레절레 흔들며 다가왔다.
"아이구, 우리 딸, 아기 낳는다고 수고 많았지?"
"어, 엄마."
"엄마가 미안해. 순간적으로 욱해서 나도 모르게 그만."

리아 할머니는 리아에게 손을 뻗으며 말했다.

"우리 손녀, 할머니도 안아보자."

리아 할머니는 리아를 품에 끌어안고 살살 흔들었다.

"우리 손녀 참 귀엽다. 에휴, 우리 딸 혼자 키운다고 힘들었지? 잠깐 바람이나 쐬고 와라."

"아, 됐어요. 그럴 필요 없어요. 아기와 있는 게 쉬는 거예요. 행복이고."

며칠 후, 리아 엄마는 밤낮 혼자 아기를 보다가 감기에 걸렸다.

"콜록콜록."

"야, 너 병원에 다녀와."

"괜찮아요."

"그러다 아기한테 감기 옮긴다?"

"아…."

리아 엄마는 어쩔 수 없이 잠시 내과에 다녀와야 했다. 리아도 함께 업고 갈까 생각했지만, 감기에 걸린 사람들이 모인 곳에 아기를 데리고 가자니 걱정이 되었다.

"엄마, 나 잠시만 진료받고 올게요. 우리 리아 잠깐만 봐줘요."

"아유, 당연하지. 천천히 다녀와."

"빨리 올 거예요."

리아 엄마가 병원에 뛰어갔다 빨리 집으로 돌아왔다.

"엄마 리아는 어디 있어요?"

"리아?"

"네. 리아 어디 있어요? 자요?"

"글쎄. 아까 자길래 잠깐 나왔어."

리아 엄마는 허둥지둥 방으로 들어갔다. 방은 텅 비어 있었다.

"엄마! 리아가 없어요. 어디 갔어요?"

"그건 나도 모르지."

리아 할머니가 어깨를 으쓱하다 가방을 들었다.

"내가 급한 약속이 있어서. 잠깐 나갔다가 올게."

"우리 아기 어디다 감췄어?"

"내가 감추긴 뭘 감춰?"

"우리 아기 데려오라고."

리아 엄마가 바닥에 주저앉아 펑펑 울었다. 독한 리아 할머니 때문에 리아 엄마는 아기를 뺏겼다. 산후조리도 잘못하고 아이를 잃어버렸다는 상실감에 몸이 안 좋아져 3개월간 몸조리를 하고 겨우 다시 일어나 학교에 다녔다. 리아 엄마는 단 한 번도 아기를 잊은 적이 없었다. 친한 친구 민선이에게 자기 아기에 대해 이야기를 하고 반드시 다시 찾아 기를 거라고 말하고 다녔다. 리아 엄마는 민선이가 정말 고마웠다. 자신의 답답한 마음을 다 들어주었으니까.

리아 엄마는 주말마다 아빠, 엄마 몰래 전국 보육원을 떠돌아다녔다. 그리고 3년 후, 드디어 리아가 있는 보육원으로 찾아갔다. 원장님이 리아를 불렀고 리아가 쫓아가는 모습을 카메라로 담았다. 가슴이 벅차오르는 기분이었다. 리아 엄마는 매일 주말 보육원에 봉사하는 척하면서 세 살이 된 리아를 품에 안고 봉사를 했다. 한글도 가르쳐주고, 숫자도 알려주고, 숟가락 쥐는 법, 포크 쥐는 법, 화장실에서 쉬하는 법 등을 다 알려주었다.

"오늘은 언니랑 책 읽을까?"

"응. 언니."

리아 엄마는 간식과 선물도 잔뜩 들고 가 리아에게 주었다. 나중에 원장님에게 자신이 엄마라는 걸 밝히고 리아 생일에는 밖에 데리고 나가 놀이공원도 갔다. 리아가 일곱 살 생일 때, 리아 엄마는 생각했다. 이제 리아도 이해할 정도가 되었으니 자신이 엄마라는 걸 밝히고 집에 데리고 가겠노라고. 리아 엄마는 할머니에게서 독립하기 위해 혼자 열심히 공부도 하고 아르바이트도 했고, 한 중소기업에 취직도 해서 돈을 어느 정도 모아둔 상태였다.

"리아야, 일곱 번째 생일날은 언니 집에 가서 파티하자."

"진짜? 대박."

"언니 좋아?"

"응. 언니가 우리 엄마 했으면 좋겠어."

리아 엄마는 눈물을 흘렸다. 자신이 그토록 바라던 시간이 왔기 때문이다. 다짜고짜 찾아가서 아이를 데려오는 게 아니라 아이가 진심으로 자신을 원할 때 그리고 자신도 경제적으로 여유가 될 때 아이를 데리러 오고 싶었던 거다. 그래야 데리고 온 후에도 아이를 잘 키울 수 있으리라 생각했기 때문이다. 독립할 힘이 없을 때 데리고 왔으면 할머니가 무슨 짓을 할지 몰랐다.

"언니, 왜 울어?"

"아니야."

"아, 춥다."

"추워?"

리아 엄마는 자신이 입고 있던 점퍼를 리아에게 벗어주었다.

"와, 이 옷 좋다. 언니 냄새 나."

리아의 일곱 번째 생일날, 리아 엄마는 꽃단장하고 계속 연락하던 친구 민선에게 메시지를 보냈다.

- 오늘은 내 딸 리아가 내 품으로 돌아오는 날이야.

- 좋겠다.

- 세상에서 제일 행복한 날이야.

메시지를 보내고 리아 엄마는 차에 탔다. 차를 몰며 콧노래로 생일 축하 노래를 흥얼거렸다.

- 따르릉

전화가 왔다.

"여보세요?"

"너 지금 어디야?"

리아 할머니였다.

"친구 집이요."

"친구 집 어디?"

"아, 그건 왜요?"

"원장님한테 들었다. 네가 그 아이 다시 데려가기로 했다며?"

"하…, 이제 저도 성인이에요. 간섭 좀 그만하세요."

"내가 말했지? 네 앞길 막는 아이는 데려오지 말라고."

"제 앞길을 막는 사람은 제 딸이 아니라 엄마예요. 엄마라고요! 엄마! 제발 좀 그만하세요."

리아 엄마는 통화를 한다고 건너편에서 음주 음전으로 역주행하는 차를 보지 못했다.

빵빵-

쾅-

"그렇게 너희 엄마가 너를 데리러 오는 길에 사고가 나셔서."

"아…. 엄마가 그 언니였구나. 어쩐지. 그 언니가 매주 보육원에 찾아와서 나랑 같이 놀아줬거든."

리아가 그대로 복도에 주저앉았다.

"어, 엄마."

리아의 눈에서 눈물이 왈칵 쏟아져나왔다.

"내 기억 속 엄마와 언니는 날 버리지 않았어. 날 버린 게 아니야."

가슴을 치며 울음을 토해냈다.

"그래, 널 데려가려고 했어."

설아가 리아를 품에 안고 토닥였다. 한참 울던 리아가 겨우 눈물을 멈추었는데, 무호가 크게 소리를 질렀다.

"다 죽여 버릴 거야!"

＊

앞서 보건실 내려간 태석, 청풍이가 오드리에게 찾아가 사정을 이야기했다.

"정말? 흠."

오드리는 약장에서 이제까지 보름달 아래에서 아이들과 함께 온 마음을 다해 만든 비장의 무기들을 꺼내 왔다.

"우리가 이제까지 만든 무기들을 꺼내 쓸 차례다."

오드리와 태석, 청풍이가 비장하게 교실 쪽으로 올라갔다. 무호가 악랄한 눈빛으로 호태를 잡아먹을 듯이 으르렁거리고 있었다.

"흠, 자기 모습을 숨기는 '투명 다크 마인드 몬스터'가 무호 멘탈에 들어갔나 보다."

오드리는 '다크 마인드 몬스터 투시 가루'를 손바닥에 올려놓고 '후' 불었다. 가루가 공중에 흩날렸다. 가루 사이에서 보았다. 무시무시한 '다크 마인드 몬스터'를. '다크 마인드 몬스터'는 검은 액체 괴물의 형상으로 무호의 깨진 멘탈 사이를 비집고 들어가 무호를 조정하고 있었다. 무호는 급기야 호태의 멱살을 잡고 흔들며 창문으로 다가갔다.

"더는 지체할 수 없겠어. 한 명씩 이 무기를 들고 온 마음으로 공격하자."

청풍이는 자신이 만든 '엄마의 잔소리 폭격기'를 꺼내 들고 무호 귀에 가져다 댔다.

- 너 정신 안 차리면 엄마도 네 밥상 안 차린다.

엄마 말 지지리도 안 들으면 너 지지리 못난 놈 된다.

엄마 속 좀 작작 썩여라, 안 그러면 네 마음도 좀비처럼 썩는다.

엄마 말 좀 들어라, 안 그러면 너 엄마한테 되로 주고 말로 받는다.

청풍이가 직접 쓴 가사였다. 무호는 잠깐 괴로운 듯 귀를 막았지만 이내 곧 다시 호태의 멱살을 잡고 흔들었다.

"안 되겠네. 이걸 써야지."

청풍이가 '엄마의 등짝 스매싱 장갑'을 끼고 무호의 등짝에 스매싱을 날렸다.

짝-

엄다의 등짝 스매싱을 맞은 무호가 휘청거리며 고개를 좌우로 흔들었다. 순간, 번쩍 정신을 차린 무호 때문에 다크 마인드 몬스터가 무호의 멘탈에서 빠져나왔다. 다크 마인드 몬스터가 도망을 갔다.

감정을 추스르고 이쪽으로 뛰어오던 설아와 리아는 도망가던 다크 마인드 몬스터를 맞닥뜨렸다.

다크 마인드 몬스터는 음산한 기운을 내뿜으며 설아의 멘탈을 들여다보았다. 다크 마인드 몬스터는 오늘 아침 새엄마에게 시달리다 유리 멘탈에 살짝 금이 간 설아의 멘탈로 순식간에 들어갔다. 그 모습을 본 리아가 설아에게 손을 뻗으며 외쳤다.

"안 돼."

그러자 설아가 리아의 멱살을 잡아끌며 포효했다.

"넌 빠져. 엄마한테도 버림받은 놈이!"

"나, 난 버림받은 게 아니야."

평소 같으면 이런 말에 동요를 하지 않았을 테지만 오늘 너무 큰 충격을 받은 리아는 다크 마인드 몬스터의 말에 멘탈이 흔들렸다.

"넌 친부모에게도 양부모에게도 모두 버림받았지, 안 그래?"

"아니야, 아니라고!"

리아가 괴성을 지르자 리아의 멘탈에 순간적으로 금이 갔다.

"헉. 강철 멘탈에도 금이 간다는 걸 간과했어. 맞아. 아무리 강철 멘탈이라도 트라우마를 건드리면 깨질 수도 있는 거였어."

오드리가 혼자 작게 중얼거렸다. 리아의 멘탈에 금이 생기자 다크 마인드 몬스터는 기다렸다는 듯이 리아의 멘탈로 스며들어갔다.

"아악."

리아는 간담이 서늘해졌다. 묵직하고 얼음장같이 차가운

무언가가 자신의 머릿속을 휘젓는 기분이 들었다. 리아는 머리를 움켜잡고 고개를 좌우로 흔들었다. 다크 마인드 몬스터는 평소 오드리, 리아, 태석, 청풍이 마음에 들지 않았다. 자신의 음산한 기운을 자꾸 막았기 때문이다. 어떻게 할까 고민이었는데 마침 리아의 멘탈에 금이 간 것이다.

"머리가 터질 것 같아."

다크 마인드 몬스터는 리아의 트라우마를 건드렸다. 리아는 우울감을 견디지 못하고 열린 창문으로 뛰어갔다.

"어떻게 해요? 선생님."

청풍이 오드리 선생님을 바라보며 물었다.

"함부로 공격하면 더 큰 일을 벌일지 몰라. 다크 마인드 몬스터가 일부러 리아가 스스로를 자멸시키게 하려고 조종하는 것 같아. 그러면 그 모습을 지켜보던 아이들은 또 다른 트라우마를 겪게 되고 그로 인해 모방 자살 효과를 보려고 할 수도 있어. 잘 못 건드리면 리아가 엄청나게 위험해질 거야."

오드리와 청풍이 머뭇거리는 사이 리아는 열린 창가로 더 다가갔다.

"난 세상에서 버림 받은 아이야. 난 세상에서 사라지는 게 맞아."

리아는 창문을 활짝 열었다. 청풍이가 리아의 손목을 잡았지만, 리아는 거칠게 손을 뿌리쳤다. 그리고 리아는 창밖으로 몸을 기울였다. 몇몇 아이들이 발을 동동 구르며 소리를 질렀고, 또 다른 아이들은 눈을 질끈 감았다. 태석은 자신이 만든 '마음을 덮는 이불'을 꺼냈다. 태석이 이불을 꺼내자 아이들이 웅성거렸다. 그 동안 더 많은 마음을 담아 전보다 더 크고 폭신한 이불을 만들었기 때문이다.

"저 크고 두꺼운 이불은 어디서 난 거야?"

"이불로 뭘 하려는 거야?"

태석은 남의 말에 조금도 귀 기울이지 않고 천천히 다가갔다. 리아 곁으로 가 마음이 담긴 말을 전했다.

"리아, 넌 정말 괜찮은 사람이야. 이 험난한 세상 혼자서도 잘 견뎌왔고 앞으로도 잘 이겨낼 거야. 네 옆엔 나와 청풍이, 오드리 선생님, 설아가 있고 네 마음속에는 너를 사랑하고 널 포기하지 않은 어머니가 계시니까."

태석이의 마음이 담긴 따뜻한 위로에 리아의 눈가에 눈물이 맺혔다. 하지만 다크 마인드 몬스터는 자신의 음산한 기운을 끌어모아 리아를 창밖으로 몸을 던지게 했다. 리아가 창밖으로 몸을 날리는 그 순간, 태석이 '마음을 덮는 이불'로 리아의 등을 감싸안고 복도로 안전하게 끌어내렸다. 그리고 리아의 몸을 돌려 태석이 품에 꼭 끌어안고 리아 귓가에 부드럽게 속삭였다.

"괜찮아. 괜찮아. 넌 잘 해왔어. 넌 사랑 받았고 앞으로도 사랑받을 거야. 괜찮아. 괜찮아."

청풍이 오드리에게 물었다.

"이제 안심해도 되나요?"

"아니, 리아 마음은 따뜻해졌는데 아직 다크 마인드 몬스터가 금이 간 리아 멘탈에서 나오지 않았어. 또 언제 갑자기 휘둘릴지 몰라."

태석은 지금까지 온 정성을 다해 만들었던 '마음에 사랑이 싹트는 씨앗'을 금이 간 리아 멘탈에 넣었다. 그러자 놀라운 일이 일어났다. 금이 간 자리에 자리 잡은 씨앗은 놀라운 속도로 싹을 틔우고 사랑의 꽃을 피우며 금이 간 자리를 촘촘히 메꾸어 나갔다. 답답했는지 다크 마인드 몬스터가 리아의 멘탈 밖으로 스르륵 빠져나갔다. 그리고 리아의 마음으로 들어갔다. 리아의 마음에 금이 간 것이었다. 리아는 순간 마음이 뒤틀리듯 아팠다. 가슴을 움켜쥐고 그대로 차가운 바닥에 고꾸라졌다. 태석이 리아에게 다급하게 외쳤다.

"리아야, 아무리 다크 마인드 몬스터라도 순도 백 프로의 열정적이고 순수한 네 마음을 이길 순 없어."

태석의 말에 리아는 다시 흔들리는 멘탈을 잡았다. 선천적으로 타고난 강한 멘탈 덕분에 리아는 바로 집중해서 손바닥에 온 마음의 에너지를 모았다. 마음과 정신을 한 곳에 열중할수록 리아는 온몸을 꿰뚫는 마음 에너지와 정신 에너지를 음미할 수 있었다. 마음과 정신의 에너지가 뜨거운 혈액을 타고 온몸을 돌았다. 리아는 손바닥에 에너지를 한데 모아 공중에 들어 올렸다. 손바닥에서 강렬한 에너지가 피어올랐다. 리아는 에너지를 자신의 마음에 강하게 내리쳤다.

- 퍽

둔탁한 소리가 울려 퍼졌다. 순식간에 엄청난 공격을 받은 다크 마인드 몬스터는 리아의 마음에서 그대로 빠져나가 줄행랑을 쳤다. 힘을 다 쓴 리아는 태석의 품에 그대로 쓰러졌다. 밖으로 나온 다크 마인드 몬스터를 청풍과 오드리가 따라갔다. 다크 마인드 몬스터는 청풍과 오드리를 피해 저 멀리 달아났다. 오드리는 자신이 만든 '다크 마인드 몬스터 퇴치제'를 뿌렸다. 그러자 다크 마인드 몬스터가 멀리 달아나며 종적을 감추었다. 청풍이가 황당해하며 물었다.

"아니, 그 퇴치제 진작 쓰시지."

"사람들 근처에 있을 때 쓰면 별로 안 좋아."

"왜요?"

"에프킬라나 농약 같은 거 사람한테 뿌리면 좋아? 안 좋아?"

"안 좋죠."

"똑같은 원리야."

"아."

"고생 많았어."

"선생님도요. 선생님 근데 리아와 태석 저 둘 사이 좀 심상치 않은데요?"

"네가 봐도 그렇지?"

오드리와 청풍이가 리아와 태석을 가자미눈으로 쳐다보다 웃음을 터뜨렸다.

어두운 마음을
메이크업해 드립니다

 며칠 뒤, 오드리, 리아, 태석, 청풍이는 호태 집으로 갔다. 호태가 깜짝 놀란 눈으로 그들을 바라보았다.
 "무, 무슨 일이야?"
 "너 보고 싶어서 왔지."
 청풍이가 능청스럽게 호태에게 어깨동무했다. 호태는 어색해서인지 엉거주춤하게 서 있었다. 리아가 호태와 청풍이 사이를 끼어들며 물었다.
 "할머니랑 동생은?"
 "거실에 있어. 근데 왜?"
 "할머니랑 네 동생도 마음의 상처를 많이 받았잖아. 그래서 내가 위로해 주려고 왔지."

"안 그래도 되는데."

평소 같았으면 친하지도 않은 친구들이라 황당해했겠지만, 호태는 그날 보았다. 무호에게 괴롭힘을 당할 때 자신을 도와주는 이들의 모습을.

"그래, 들어와."

호태는 마음의 문을 열며 자기 집 문도 활짝 열어주었다. 리아는 집으로 들어가 할머니, 동생에게 다가갔다.

"안녕하세요. 저희는 호태 친구들이에요. 많이 놀라셨죠?"

"친구들?"

할머니가 의심의 눈초리를 보냈다. 전에 무호가 자신이 호태의 친구라고 소개한 후, 집안을 엉망으로 만든 탓이다. 그걸 눈치챈 오드리가 쪼그려 앉아 얼른 할머니 손을 잡았다.

"할머니 안녕하세요. 호태 학교 보건 선생님 오드리입니다."

"아이구, 선생님, 안녕하세요. 여긴 어쩐 일입니까?"

"마음 아픈 일이 있으셨잖아요. 위로를 좀 해드리려고요."

"에휴, 안 그래도 마음이 캄캄해졌어요."

할머니가 어두워진 마음을 주먹으로 콩콩 쳤다.

"할머니 일단 얼굴이 밝으면 마음도 밝아져요. 그래서 그런데 할머니 얼굴에 화장을 해드려도 될까요?"

"아이구, 나이 들어 뭔 화장이래요?"

"아직도 고우셔요. 일단 한 번만 받아보셔요."

"선생님 부탁이니 어쩔 수 없네요."

할머니가 자리에 앉자 리아가 다가왔다. 화장솜에 클렌징 오일을 담뿍 묻혀 얼굴을 닦아냈다. 리아는 스킨과 로션도 자신의 손바닥에 뿌려 할머니 얼굴에 두드리며 흡수시켰다.

"아, 향기 좋다."

할머니가 수줍게 웃었다. 리아는 할머니 얼굴에 파운데이션을 펴 바르고 눈썹도 일자로 그려주었다. 입술에는 반짝이 핑크빛 립스틱까지 발라주었다. 할머니는 거울을 보며 아기처럼 좋아했다.

"할머니 이번엔 선생님께서 등 마사지를 해드린대요."

리아가 자리를 비키자 오드리는 할머니의 마음에도 화장을 시켜주었다. 어두웠던 마음이 점차 밝아졌다. 그 후, 호태의 여동생과 호태에게도 얼굴과 마음에 둘 다 화장을 해주었다. 호태와 여동생 모두 얼굴도 마음도 환해졌다. 오늘 하루는 모두의 마음에 화장이 잘 먹은 날이었다.

설아와 리아는 몇 번의 실패 끝에 새엄마에게도 마음의 때를 미는 때수건을 썼고 그 후, 새엄마도 조금씩 설아에게 부드러워졌다. 설아는 리아에게 고마움의 표시로 집에 초대

했다.

"안녕하세요."

"어? 지난번에 봤던 그 친구 맞지? 설아가 두 번이나 데려온 걸 보면 엄청 친한 친구인가 보다. 뭐 먹고 싶어. 말만 해. 다 해줄게."

설아가 리아에게 눈을 찡긋했다. 리아는 설아가 행복해하는 모습을 보고 뿌듯했다.

무호와 염구는 학교폭력자치위원회에 불려가 벌점을 받고, 봉사활동을 했다. 상담실에 가서 수시로 상담도 받고 보건실에 가서 마음 치료도 받았다. 오드리는 무호와 염구가 올 때마다 '마음의 때를 미는 때수건'으로 그들의 마음의 때를 벗겨주었고 그 결과 무호와 염구는 후에 호태 집으로 가 무릎을 꿇고 정중하게 사과했고 무호의 아버지는 호태의 집에 큰 보상을 해주었다. 그래서 호태네 집안 사정은 훨씬 좋아졌고 할머니도 더 좋은 일자리를 얻게 되었다.

모든 일이 잘 마무리되자 리아는 오드리, 태석, 청풍과 함께 엄마 산소로 찾아갔다.

"엄마, 저 왔어요."

리아는 산소에 무릎을 꿇고 한참을 오열했다. 그리고 고개를 들어 오드리에게 물었다.

"선생님, 혹시 영혼의 마음을 치유하는 방법도 있나요?"

"있지. 하지만 달빛 아래에서 한 달 동안 하루도 빠짐없이 네 영혼을 담아 물건을 만들어야 해."

"네, 할게요."

"그런데 만약 너희 엄마의 영혼이 이미 구천으로 갔으면 소용이 없어."

그렇게 리아는 한 달 동안 엄마의 영혼을 어루만져주기 위해 보름달 아래에서 자신의 영혼을 담아 물건을 만들기 시작했다.

"무슨 물건 만들어?"

태석이 다가와 물었다.

"엄마의 영혼을 어루만져주는 점퍼'를 만들어보려고. 이 점퍼를 입으면 엄마를 안아줄 수 있잖아. 나와 헤어지고 얼마나 힘드셨을까."

태석이 말없이 리아를 지켜보았다. 리아는 보름달을 향한 손끝에서 모은 에너지를 엄마에게서 받은 엄마의 점퍼에 털어 넣었다. 얼마나 온 마음을 다했는지 이마에 식은땀이 송골송골 맺혔다.

"좀 쉬면서 해."

"아니야, 한 달 동안 온 마음을 다하고 싶어."

한 달 후, 리아는 오드리, 태석, 청풍이 보는 앞에서 엄마의 점퍼를 입고 주문을 외웠다.

"엄마의 불쌍한 영혼을 어루만지게 해주세요."

그러자 깜깜한 밤 파란 불꽃이 천천히 날아왔다.

"엄마?"

파란 불꽃은 리아의 머리 위를 뱅글뱅글 돌았다. 그러다 리아의 마음에 딱 멈춰 섰다. 리아는 파란 불꽃에 한 발짝 더 다가갔다.

"엄마!"

리아는 처음으로 어머니를 꼭 안아주었다. '엄마의 영혼을 어루만져주는 점퍼' 덕분에 어머니의 형체를 볼 수 있었고 어머니의 향기와 온기를 느낄 수 있었다. 어머니는 슬픈 눈으로 희미하게 웃고 있었다.

"엄마, 이제 나 안 떠날 거지?"

리아가 어머니를 끌어안고 놓지 않자 오드리가 말했다.

"이제 엄마를 자유롭게 놓아주자. 너희 엄마도 너에 대한 미련 때문에 이승을 떠돈다고 힘들었을 거야."

"싫어요. 이제 겨우 다시 만나게 된걸요. 엄마, 나 안 떠날 거지? 이제 같이 살면서 내 생일 챙겨 줄 거지?"

오드리가 다시 한번 속삭였다.

"마음을 놓아주는 것도 필요하단다."

리아는 엄마의 영혼을 꼭 끌어안고 놓아주지 않았다. 엄마 영혼의 눈가에 눈물이 맺혔다. 리아도 눈물을 보고 느낄 수 있었다. 어머니를 이제는 놓아주어야 한다는 것을.

"엄마, 나를 계속 기억해 줘서 고마워. 나도 엄마 잊지 않을게. 사랑해."

리아는 엄마를 놓아주었다. 엄마가 살짝 미소를 짓더니 다시 파란 불꽃으로 변해 하늘 위로 올라갔다. 리아는 하늘을 올려다보며 소리쳤다.

"엄마, 보고 싶을 거야."

혼자 남겨진 리아를 오드리, 태석, 청풍이가 한꺼번에 다가와 꼭 안아주었다. 보름달 아래, 그들의 온 마음이 따뜻하게 퍼져나갔다. 리아의 눈물이 달빛에 비쳐 반짝거렸다.

며칠 후, 리아는 퉁퉁 부은 눈으로 일어났다. 꿈에서 또 엄마를 만난 것이다.

"엄마."

리아는 엄마를 낮게 읊조리다 몸을 일으키고 학교 갈 준비를 했다. 화장실에서 세수하다 거울을 바라보았다. 엄마의 얼굴이 겹쳐 보였다.

"하."

화장실에서 나와 가방을 메고 학교로 갔다. 수업 시간이 어떻게 흘러가는지 가늠이 되지 않았다.

수업이 끝나자, 태석이와 청풍이가 다가왔다.

"괜찮아?"

"어? 으응."

애써 웃음을 지었다. 셋이 모여 보건실로 내려갔다.

오드리가 보건실로 들어오는 리아의 어깨를 감쌌다.

"오징어 다리 하나 줄까?"

"괜찮아요. 저 쌤."

"응, 뭐든 다 말해 봐."

"제가 엄마를 하늘에 보내고 생각해 봤는데요."

"응."

"있을 때 잘 해야 할 것 같아요. 전 이미 틀렸지만, 청풍이랑 태석이는 아직 기회가 남아 있잖아요."

태석이와 청풍이가 동시에 말했다.

"무슨 기회?"

"부모님이 살아계실 때 잘할 기회."

"아…."

"너희들 최근에 부모님이랑 마음 터놓고 이야기한 적 있어?"

태석이와 청풍이가 약속이나 한 듯 고개를 절레절레 흔들었다.

"난 부모님이랑 마음을 터놓고 이야기하고 싶어도 할 수가 없는데, 너희들은 마음만 먹으면 화해할 수 있잖아. 남들 마음 치료보다 나 자신, 그리고 우리 가족들의 마음 치료가 우선이라고 생각해."

"그, 그렇지."

진지한 리아의 말에 모두가 고개를 끄덕였다. 리아는 침을 한 번 꿀꺽 삼키고는 다시 말을 이었다.

"그래서 말인데. 우리 무대에 오르기 전에 부모님과 진정한 화해를 하는 건 어떨까?"

오드리가 리아에게 한 발 더 다가오며 말했다.

"정말 좋은 생각이네. 남의 마음을 치유해 주는 것, 너희의 꿈을 향해 나아가는 것도 좋지만, 일단 가족 간 진정한 화해와 소통이 필요할 것 같네. 그럼 오늘은 각자 집으로 가서 가족 간 화해를 해 볼까?"

태석이와 청풍이가 서로를 바라보며 쭈뼛거렸다.

"왜? 싫어?"

리아의 싸늘한 말에 태석이가 얼른 대답했다.

"아니, 가서 이야기 나눠볼게."

"그래, 청풍이 넌?"

"아, 쑥스러운데."

"시간은 기다려주지 않는다니까?"

"알았어. 한번 해 볼게."

태석이는 터덜터덜 집으로 들어갔다. 아빠는 오늘도 집에 없었다.

"아버지를 만나려면 새벽 2시는 되어야 하는데."

태석 아버지는 예전보다는 태석이와 가까워 졌지만 여전히 새벽까지 일을 하고 집에 들어왔다.

꾸벅꾸벅.

태석은 자신도 모르게 소파 위에서 까무룩 눈을 감았다.

달칵.

문을 여닫는 소리에 번쩍 눈을 떴다. 검은 실루엣이 점점 다가왔다.

"아버지?"

"응, 왜 여기에 누워있냐? 편하게 방에 들어가서 자야지."

"그게, 할 말이 있어서."

"무슨 할 말?"

태석 아버지와 태석 사이에 어색한 공기가 맴돌았다.

"아버지, 혹시 제 꿈이 뭔지 아세요?"

"…"

"가수에요."

"가수?"

"네. 알고 계셨어요?"

"몰랐지. 전혀."

"그럼 이제 아셨으니까 제 꿈 응원해 주실 거예요?"

"…."

태석 아버지는 고개를 푹 숙이고 생각에 잠겼다.

"왜요? 아버지 회사 이어받길 바라세요?"

"그럼 좋겠다만…."

"제가 태어나서 처음으로 해보고 싶은 게 생겼어요. 응원해 주셨으면 좋겠어요."

"내가 어떻게 응원을 해주면 되는데?"

"11월 15일에 대회가 있어요. 와주실 거예요?"

"그날 일정을 봐야 하는데…."

"일정 보시고 꼭 와주세요. 날짜랑 장소는 메시지로 지금 보낼게요."

"그래, 알겠다."

"아버지에게 제 꿈을 보여주고 싶어요."

태석이가 처음으로 태석 아버지의 손을 잡았다. 손은 마른 나무껍질처럼 거칠었다.

태석 아버지도 말없이 태석의 손을 가만히 잡고 있었다. 태석 아버지의 손이 가늘게 떨렸다.

"어떻게든 시간을 내 보마."

태석은 자신보다 작아진 아버지를 끌어안았다. 아버지의

심장 소리가 가깝게 들렸다. 작아진 어깨를 보자 자기도 모르게 울컥한 태석이 흐느껴 울었다. 태석 아버지가 태석의 등을 쓰다듬었다. 그렇게 그날 서로를 부둥켜안고 한참을 울었다.

청풍은 집으로 돌아가 엄마 서재의 문을 열었다.
끼익.
문이 열렸는지도 모르고 엄마는 작품 쓰는 데 열중했다.
"저, 엄마."
"응?"
"바빠요?"
청풍이 엄마는 안경을 책상에 내려놓고 마른세수를 하며 말을 이었다.
"이야기해 봐."
"엄마는 이제 완전히 제 꿈을 응원해요?"
"랩을 쓰는 것도 글쓰기의 일종이니까 어느 정도는?"
"전 랩을 쓰는 것보다 래퍼로 무대에서 랩을 하는 게 더 좋아요."
"아니, 엄마가 글을 써 보니까 너무 좋더라. 우리 청풍이도 글 쓰는 거 다시 한번 생각해 봐. 랩을 쓰면서 말이야."
"엄마의 꿈을 강요하지 않기로 했잖아요."

"그랬지. 맞아."

엄마가 다시 안경을 쓰고 안경을 추켜올렸다.

"나도 노력할게."

"11월 15일에 제 첫 무대를 하거든요?"

"어, 정말?"

"네. 그때 와 주실 거죠?"

"그래, 시간 되면 꼭 가 볼게."

"네. 꼭 와주세요."

"그래. 자랑스러운 내 아들."

청풍이 엄마가 청풍이의 머리를 흐트러뜨렸다.

"아, 진짜 앞머리는 건드리지 마세요."

청풍이가 머리를 정리하며 말했다.

"이제까지 엄마 꿈을 강요하는 거 때문에 힘들었지?"

"뭐 조금?"

"맞아, 엄마도 글을 써서 행복한 게 아니고, 꿈을 찾으니까 다시 태어난 기분이더라. 너도 네 꿈을 찾으면 지금 보다 더 행복해질 거야. 응원할게. 네 꿈."

청풍이 엄마가 청풍이의 어깨를 토닥거렸다. 청풍이가 해맑게 웃었다.

며칠 후, 오디션 본선 날짜 당일이 되었다.

"떨리지?"

태석의 물음에 리아가 몸을 떨며 말했다.
"응. 엄청나게 떨리는데?"
태석이 리아의 어깨를 감싸안았다. 청풍이 그 모습을 힐끗 보더니 투덜댔다.
"아, 우리 그룹에 여학생 한 명 더 넣어요."
오드리가 웃으며 고개를 끄덕였다.
"이번에 우승하면 한번 생각해 보자."
대기실에 앉아서 그들은 노래와 춤을 맞춰보았다.
몇 분 후, 누군가가 그들을 불렀다.
"이제 곧 시작입니다. 나와서 무대 앞 대기하세요."
"으악, 사람 살려."
청풍이가 태석이에게 와락 안겼다.
"하하, 그렇게 떨리냐?"
"그래. 너라도 안자. 좀."
청풍이는 태석이에게 매달려 무대 근처로 갔다.
"자, 무대로 올라오세요."
곧 관계자가 손짓했다.
오드리가 리아, 태석, 청풍의 손을 내밀었다. 그들의 손과 손이 겹쳤다.
"하나, 둘, 셋. 파이팅! 너희들 덕분에 내 어릴 적 트라우마가 점점 극복되었어. 너희들은 우리나라의 희망이자 미래야."

　오드리가 두 팔을 벌려 아이들을 한꺼번에 끌어안았다. 무대 위에 올라갔다. 계단을 오를 때마다 다리가 떨렸다.
　깜깜한 무대 위 관람객의 숨소리만 들려왔다.
　팟.
　조명이 켜지고 어둠을 꿰뚫는 조명 빛이 무대에 고르게 퍼져나갔다.
　노랫소리가 들려왔다. 음악에 맞춰 리아가 허리를 돌리며 리듬을 탔다. 머리를 뒤로 젖히고 두 팔을 벌리며 태석의 노래가 시작되었다. 태석이가 마이크를 꼭 움켜잡았다.

나는 먼지 쌓인 맘이야~
누구든 후~ 불어주세요~
먼지가 훨훨 날아가면
당신과의 추억을 쌓아볼게요

깜깜한 어둠이 날 삼켜도
당신 품에선 나 견딜 수 있어

당신과의 추억이 깃들면은
내 영혼도 당신에게 깃들 거야

청명한 음색에 관객들의 함성이 여기저기서 터져 나왔다. 게다가 놀랍게도 무대 아래 관객들이 노래를 같이 따라 부르기 시작했다. 순간 어리둥절했지만 태석은 침착하게 노래를 마쳤다.

다음엔 청풍의 랩이 시작됐고 관객들도 따라 불렀다.

Rap!
Mom, Mom, Mom, Mom
Mom이 시키는 대로 말고
내 맘대로 할 거야~

내 맘이 시키는 대로~
내 몸이 시키는 대로~

자유롭게~ 훨! 훨!
날아오를 거야~ 훨! 훨!

랩이 반복되자 관객들이 하나 되어 훨! 훨!을 외쳤다.
리아의 독무대로 춤을 출 때, 몇몇 관객들이 안무까지 따라 했다. 무대가 끝나자 관객들의 함성이 뜨겁게 들끓으며 열광했다.

무대에서 내려오자 오드리가 팔짝팔짝 뛰며 반겼다. 대기실에서 리아가 폰으로 자신의 그룹을 검색했다.

"대박, 벌써 우리 기사 올라왔어. 우리의 마음이 사람들에게 통했나 봐!"

오드리는 눈물을 글썽거렸다.

"너희들 덕분에 한동안은 다크 마인드 몬스터를 처리하는 게 한결 쉬워지겠구나."

"그러게요."

"정말 수고 많았다."

몇 분 후, 무대에서 사회자가 외쳤다.

"오늘 전국 고교 아이돌 그룹 1위를 발표하겠습니다."

- 두구두구두구.

"1등은 바로 'MICO'입니다."

리아, 태석, 청풍이 오드리 손을 잡고 함께 무대로 뛰어 올라갔다. 관객석에서 퍼지는 함성이 그들의 마음 깊숙이 스며들어 갔다. 관객석에서 청풍이 엄마와 태석이 아빠도 목이 터져라 응원했다.